KB251960

PM 1:00
꿈을 적는 시간

PM 1:00 꿈을 적는 시간

초판 1쇄 발행 2011년 5월 31일

지은이 김민정 · 박정은 · 이선주 · 이수정 · 이유진 · 홍지연 · 박신영 · 서세이 · 한영욱
펴낸이 오은지 **펴낸곳** 도서출판 한티재 **등록** 2010년 4월 12일 제2010-000010호
주소 706-821 대구시 수성구 범어4동 202-13 **전화** 053-743-8368 **팩스** 053-743-8367
전자우편 hantijaebook@daum.net **블로그** http://hantijaebook.tistory.com

ⓒ 김민정 · 박정은 · 이선주 · 이수정 · 이유진 · 홍지연 · 박신영 · 서세이 · 한영욱, 2011
ISBN 978-89-964413-6-6 03810

PM 1:00
꿈을 적는 시간

김민정 · 박정은 · 이선주 · 이수정 · 이유진
홍지연 · 박신영 · 서세이 · 한영욱 지음

한티재

솔직히 쉽지 않은 과정이었습니다. 9월에 동아리 아이들과 만났고, 그때부터 시작이었습니다. 밑그림부터 그려서 차근차근 각자의 그림을 그려나갈 수 있도록 도와줘야 했지만, '했다치고!' 써 나가야 할 시간이었습니다. 연습도 없이, 경험이 부족한 배우들을 무대에 올리는 용감하고 무모한 시도를 한 셈입니다.

우리는 일주일에 두 번씩, 점심시간과 방과 후 시간에 컴퓨터실에서 만나 함께 글을 썼습니다. 커서가 깜빡거리며 다음 글자를 기다리는 순간이 답답할 수도 있다는 걸, 내 마음대로 글이 써질 때 통쾌할 수도 있다는 걸 우리는 함께 느꼈습니다.

처음에는 깜빡이는 커서를 하염없이 바라보며 선생님이 무언가를 말해 주기를 기다리던 아이들이었지만, 점차 자신 있게 자판을 두드리는 소리가 "탁탁탁" 났습니다. 그 소리가 우리 귀에는 듣기 좋은 음악 소리 같았습니다.

그 과정을 함께 하는 일은 보람 있었습니다. 이 작은 이야기가 아이들에게 끝이 아니라 시작이었으면 좋겠습니다.

2010년 12월

김수진

김민정

　내가 소설을 쓰게 된 계기라면 그저 소설을 읽고 쓰는 게 좋아서이다. 하지만 첫 문장부터 쉽지 않았다. 한 문단 쓸 때마다 막히는 부분도 많았다. 끈기가 없던 나에게 '포기'라는 유혹은 매일 찾아왔다.

　내 이름으로 된 책이 나온다는 것에 설렘도 있지만 한편으로 이렇게 미흡한 글을 내놓는다는 것에 부끄러움도 든다. 하지만 옆에서 조언해 주는 친구와 선생님 덕에 이 글을 잘 마칠 수 있었던 것 같다.

　다른 친구들에 비해 글을 쓰는 속도도 더디었던 것에 선생님과 다른 친구들에게 미안한 마음도 든다. 책쓰기 동아리와 소설 쓰기는 내 꿈을 향해 한 발자국 더 내디딜 수 있는 기회가 아니었나 싶다.

박정은

처음에 나는 책쓰기 동아리가 아니었다. 얼떨결에 친구와 같이 책쓰기 동아리에 들어오게 되었다. 책을 쓰는 기간이 그리 많지는 않았고 모이는 시간도 적어서 힘이 들었지만, 글을 다 쓰고 난 뒤 뿌듯함도 느꼈고 이제는 못 쓴다는 아쉬움도 남았다. 책쓰기 경험을 하면서 책에 조금이라도 더 관심을 가지게 된 것 같아서 좋았다. 시간이 지난 뒤 내가 쓴 책을 본다면 그때의 생각이 나서 웃음이 나올 것 같다.

이선주

처음엔 내 손으로 쓴 책이 나온다는 게 재밌고 어쩌면 신기하기도 했다. 하지만 막상 책을 쓰려니 정말 어려웠다. 처음엔 유행하는 곤충에 대해 적기 시작했는데 역시나 막혔다. 그래서 다른 주제를 선택해 글을 썼다. 글을 쓸 때에 모르는 점도 새로이 알아갈 수 있었다. 학교에서 이렇게 책을 쓴다는 것은 좋은 경험이라고 생각한다. 앞으로도 새로운 동아리가 생겨났으면 좋겠다.

이수정

열다섯 살, 중학교 2학년. 지금까지 배운 것도 많지만 모르는 것도 많고 아직 부모님에게 기대는 철부지이다. 책을 써야 한다고 들었을 때, 솔직히 아무 생각 안 했다. 하지만 책을 써내야 하는 시간이 가까워질수록 왠지 모를 불안감을 느낌과 더불어 꼭 다 쓰겠다는 다짐도 하게 되었다.

내가 이 책쓰기를 중도에 포기했더라면 내 자신을 돌아보지 못하고 또 한 해를 보낼 뻔했다. 난 이 책이 너무 고맙고, 앞으로도 내 이야기를 진행시킬 것이다.

이유진

나는 또래 애들보다 뛰어나게 글을 잘 쓰지는 않는다. 또 책을 잘 읽지 않는다. 아니, 책에 흥미가 없다. 그래서 책쓰기 동아리를 들어왔을 때, 부담감도 컸고 뭘 할지 막막하기도 했다. 근데 이렇게 글을 다 쓰고 책을 만든다고 하니 신기할 따름이다.

책을 쓰는 게 이렇게 복잡한 일인지는 처음 알았다. 처음하는 경험이라서 신기하기도 하고 재밌기도 했다. 이 책을 제일 먼저 우리 가족들한테 보여주고 싶다. 나도 이렇게 책 쓰는 아이라고.

홍지연

책쓰기 동아리에 들어왔을 때 글만 좀 쓰면 되는 줄 알았다. 그래서 봉사

시간만 받고 대충대충 할 생각이었다. 그런데 선생님께서 책까지 낸다고 말씀하셨다. 국어시간에 글 쓸 때에도 머리를 쥐어짜며 쓰는데 책까지 내라고 하다니! 나에겐 충격이었다.

나는 기억에 남는 공간에 대한 수필을 쓰기로 했다. 추억의 장소에 사진 찍으러 갔을 때는 하도 걸어다녀서 다리가 아프고 허리가 끊어질 듯이 아팠다. 그 장소들에 가 보니 예전과 너무 달라져 있었다. 나도 키가 크고, 교복을 입고, 많이 달라져 있었다. 기분이 묘했다. 나중에 이 글을 읽어보면 뿌듯하면서 기분이 묘할 것 같다. 내가 글을 썼다니!

박신영

나는 책쓰기 동아리를 통하여 내가 가진 소질을 개발할 수 있는 기회를 갖게 되었다. 평소에도 글쓰기를 즐겨하지만 책쓰기 동아리를 함으로써 글 쓰는 능력을 더 기를 수 있었다. 사실 조금 게으름을 피웠지만 앞으로도 열심히 활동했으면 좋겠다.

서세이

처음에는 신문부에 들어갔다가 우연히 글쓰기 동아리에 들어가게 되었다. 나는 글을 쓰는 것을 별로 좋아하지 않았다. 거기에다 책 읽는 것도 별로 즐기지 않아 글도 잘 쓰지 못한다. 그래서 글쓰기 동아리에 들어갈 때 정말 부담이 컸고, 친구까지 별로 없어서 그렇게 좋지는 않았다. 하지만 다행히 함께 글을 써서 부담이 줄었고 사진을 찍을 때는 정말 재미있었다. 처음에는 내가 글을 과연 쓸 수 있을까 고민이었지만 다행히 이렇게 다 쓰게 되어 뿌듯하다.

한영욱

나는 속으로 생각했다. 열네 살 나이에 어떻게 책을 만들지? 설마 진짜 만들어질까? 그런데 그 '설마'가 진짜가 되었다. 처음에는 힘들겠다는 생각밖에 안 했는데 막상 해보니까 할 만했고 재미있었던 것 같다. 책을 쓰는 일을 평생 못 해볼 수도 있었던 건데, 지금 하게 되어 기쁘다.

차례

004 책을 펴내며 ● 김수진

006 글을 쓴 친구들

013 되돌아보다 ● 이수정

039 소녀, 세상을 말하다 ● 이선주

057 track 01. 노래하듯이 ● 김민정

095 나? 나! ● 박정은

121 추억의 일기장 ● 이유진

143 나의 사진 일기 ● 홍지연

165 제일인의 하루 ● 박신영 · 서세이 · 한영욱

되돌아보다

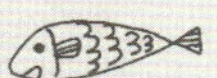

글 이수정

대구 제일중 2학년 이수정. 내 꿈은 제빵사이다. 인기있는 직종도 아니고 돈을 잘 벌 수 있다는 보장도 없다. 돈을 좋아하는 나로서는 생각할 수 없었던 직업인데, 내가 왜 이런 꿈을 가지게 되었을까? 이유는 간단하다 다른 것보다 집에서 할 수 있는 일을 잘할 수 있었기 때문에 선택한 것이다. 제빵사가 되기 위해선 많은 경험이 필요하다. 앞으로 난 그 경험을 쌓아가려고 한다.

이사

첫 번째 이사

내가 초등학교 4학년이 되던 해에 우리 식구는 수성구로 이사를 가게 되었다. 큰오빠는 이미 수성구 중학교를 다니고 있었고, 작은오빠도 수성구 중학교로 배정받아서 이사를 할 수밖에 없었다. 덩달아 나도 수성구의 초등학교로 전학을 갔다. 이사를 간다는 결정이 갑작스러워 친구들에게도 제대로 작별 인사도 못 한 채 전학을 갔다.

처음에 반을 배정받았을 때 새로운 친구들과 새로운 선생님을 만난다는 게 얼마나 긴장되고 설레었는지 모른다. 선생님의 소개로 낯선 아이들 앞에 섰을 때는 살짝 위축되는 느낌도 들었다. 내가 전학 오기 전의 학교는 한 학년이 두 학급밖에 없었는데, 새 학교는 한 학년이 6~7학급 정도라서 더 위축되었는지도 모른다. 소개를 마치고 자리에 앉아서 내가 가져온 만화책을 읽었는데 옆에 있던 친구가 만화책을 빌려달라고 했다. 곧 이어 다른 친구들도 빌려달라고 해서 말을 처음으로 나눴다. 그렇게 자연스럽게 친구들과도 친해졌고 학교생활도 익숙해지게 되었다.

전학 간 학교에서 많은 것을 배웠는데 첫 번째는 '속독'이라는 방과 후 프로그램이었고, 두 번째는 '엑셀'이라는 컴퓨터 프로그램이었다. 속독은 레벨이 있는데 난 4:4까지 땄었다. 지금 생각해 보면 자격증이 나오는 것도 아니고 누가 인정해 주는 것도 아닌데 그렇게까지 배울 필요가 있었냐는 생각도 든다. 그리고 두 번째 엑셀은 시험까지 보러 갔었는데 자격증은 없었지만 좋은 경험을 했었던 것 같다.

친구, 환경 그리고 모든 게 새로운 곳에서 새로운 것을 배우고, 새로운 것을 알게 되어서 나에게는 좋은 경험이었다.

두 번째 이사

중학교에 입학할 때에 나는 다시 전학을 갔다. 나는 큰오빠가 다녔던 중학교를 가고 싶었다. 우리 동네에 중학교가 두 개였기에 그 학교로 배정받을 확률은 반반이었다. 아니, 내가 가고 싶던 학교보다 다른 학교에 배정될 확률이 더 컸다. 그래서 내가 원하지 않는 학교에 배정되면 난 전학을 간다고 하였다. 마지막 희망을 걸고 ○○중을 1지망교로 적었다. 하지만 역시나 뺑뺑이 결과로 난 원치 않았던 학교를 배정받았다. 그래서 지금의 제일중학교로 전학을 온 것이다.

전학이 두 번째라 그런지 첫 번째보다는 긴장을 덜했다. 그리고 내가 수성구로 전학 가기 전의 초등학교 친구들도 많아서 조금 일찍 친구들과 친해졌다. 내가 생각했던 것보다 중학교는 많이 달랐다. 실내화주머니도 들고 와야 하고 벌점이라는 것도 있고 학생부장 선생님도 계셨다. 이런 새로운 변화들이 처음에는 어색하고 낯설기만 했었지만 시간이 흐르고 2학년으로 올라갈 때쯤에야 중학교 생활이 당연하게 느껴졌다.

이사를 간다거나 전학을 간다는 것은 아무도 없는 환경에서 새로운 것을 경험하고 새로운 사람들을 만난다는 것이다. 낯선 환경에 적응하는 건 비교적 쉬운 일인 데 비해 새로운 사람을 사귄다는 건 굉장히 어려운 일이다. 난 그 어려운 일을 내 방식대로 잘 해나갔던 것 같다.

친구: 함께 있으면 좋은 사람들 

친구는 나에게 오뚝이인형 같다. 내가 아무리 모질게 대해도 다 받아 준다. 싸우고도 돌아서면 곧 후회하는 나의 마음을 잘 이해하고 감싸주기 때문이다.

배민나

수성구에 전학을 갔을 때에는 아무도 없는 곳에서 혼자 적응하기 어려웠는데 친구들이 잘해 주어서 너무 고마웠다. 수성구에서의 생활이 익숙해질 무렵 단짝친구가 생겼다. 그 아이가 민나이다. 민나와 나는 관심 분

야도, 성격도 비슷한 편이었다. 민나는 친한 친구가 아니면 말도 잘 안 하고 모르는 사람 앞에선 조용하게 있곤 했다. 그런데 친한 친구들과 같이 있으면 숨기는 것 없이 솔직하게 마음을 표현하는 편이었다. 민나의 그런 점이 나와 비슷해서 쉽게 친해졌던 것 같다.

내가 옷에 관심이 많았는데 민나 역시 옷에 관심이 많았다. 서로 집에 놀러 가면 제일 먼저 옷을 구경했다. 한번은 친구들과 놀이동산을 간 적이 있었는데 민나와 나는 서로 어떻게 코디할 거냐고 물어봤고 분명 서로 다른 의상을 말했었다. 그런데 당일 민나와 내가 똑같이 분홍색 후드티에다가 연청바지를 입고 온 것이다. 처음에 걸어오는 민나를 보고 '쟤가 왜 코디한 대로 안 입고 왔지?'라고 생각했었다. 친구들은 커플티라고 놀려댔다.

6학년 때는 학교를 마치면 몇몇 친구들과 함께 운동장 조회대에서 놀곤 하였다. 배가 고프면 문방구에 가서 불량식품을 사먹기도 하고, 심심하면 평소에 싫어했던 애들의 뒷담화를 하면서 거의 해 지기 직전까지 놀았다. 늘 그 자리에도 민나가 함께 했다.

중학교에 입학하면서 다시 중구로 전학 와서 민나를 만나기 어려워졌다. 처음에는 종종 연락을 주고받다가 점차 연락이 뜸해져 갔다. 더군다

나 휴대폰도 잃어버려서 연락할 방법이 없었다. 마음이 통하던 친구와 연락이 끊기니 조금 섭섭했었는데, 얼마 전에 미니홈피 주소를 알게 되어서 다시 연락을 했다. 정말 반가웠다. 조만간 만나자는 약속과 함께 난 또 든든한 지원군을 얻은 것 같다.

정다혜

다혜는 초등학교 때부터 지금까지 친하게 지낸 친구다. 4학년 때 전학을 가면서 잠시 멀어졌었는데 제일중에서 만나 금방 친해졌다. 전학 갔다 온 시간이 무색할 만큼 우리의 우정이 돈독했던 것 같다. 가끔씩 말이 안 통할 때도 있는데 8년 된 친구라서 그런 것에 연연하지 않고 한결같이 서로를 대한다. 초등학교 때 다혜와 별로 친한 기억이 없다. 다혜는 우리가 함께 논 것을 기억하는데 난 기억을 못 하는 게 좀 미안하기도 하고 섭섭하기도 하다. 우리 둘만의 추억인데 기억을 해내지 못해서 말이다.

올 여름방학 때는 거의 매일 만났었다. 한번은 다혜 집에 갔는데 내가 직접 라면을 끓여서 함께 먹었다. 설거지는 다혜가 했지만……. 남의 집에 가서 직접 밥을 해 먹기는 처음이었다. 다혜가 그만큼 가족처럼 편했다. 우리는 방학 때 거의 매일 C아파트 단지 내의 헬스클럽에서 운동도 같이 하고, 밥도 같이 먹었다. 다혜가 정말 내 자매처럼 느껴졌다. 서로에 대해 거의 모르는 게 없고 신체 비밀까지 아는 내 친한 친구이다. 앞으로도 우리의 우정이 변하지 않았으면 한다.

홍지연

중학교에 와서 알게 된 친구이다. 친해지고 싶다는 생각은 했지만 내 성격이 그리 대범하지 못해서 쉽게 친해지지 못했다. 그런데 어느 순간 친해져 있었다. 친해지고 대화도 많이 나누어보니 나와 통하는 것이 많아서 놀랐다. 웃음 코드도 비슷했고, 자주 방문하는 인터넷 카페도 똑같았다. 시간이 흐르고 추억이 늘어나다 보니 내가 지연이를 믿어서인지 고민 상담도 하고 많은 비밀 얘기도 하였다.

지연이는 이사 오고 나서 처음으로 집에 놀러 온 친구이다. 난 집에 친구를 들이는 것을 좋아하진 않는다. 지연이는 먹을 것이 있으면 물어보고 먹고, 어떤 물건을 만지거나 꺼낼 때도 "나 이거 해도 돼?", "나 이거 열어 봐도 돼?"라며 꼭 물어보고 행동을 해줘서 그런지 집에 놀러 오는 것이 싫지는 않았다.

　한번은 지민이, 지연이와 함께 걸어가고 있었다. 반대편에서 차가 오는 것을 본 지연이가 장난으로 날 차 쪽으로 밀었다가 당겼었다. 나도 다가오는 트럭을 보고 지연이를 힘껏 밀었다. 그런데 지연이가 소리를 지르면서 트럭 바로 앞에 넘어진 것이다. 인어공주처럼 다리를 가지런히 하고 넘어져서 조금 추했다. 하굣길이라서 많은 학생들이 있었는데 약간의 웃음소리가 들려왔었다. 그리고 자신도 웃긴지 웃으면서 일어나지를 못했다. 그래서 미안함 반, 웃음 반으로 지연이를 일으켜주었다. 그리고 걸어가는데 지연이 스타킹에 구멍이 나서 지민이와 나는 한 번 더 웃었었다.

　2학년이 된 후에는 다른 반이 되어서 그렇게 자주 만나 이야기하진 못하지만 앞으로도 친하게 지내고 싶고, 어른이 되어서도 연락을 했으면 좋겠다.

조민지

민지도 전학 와서 만난 친구인데 처음엔 인사만 주고받는 사이였는데 친해졌다. 어떻게 친해졌는지 생각이 안 날 정도로 빠르게 친해져서 조금 신기하기도 하다. 민지가 약간 다혈질이라서 가끔씩은 어떻게 대해야 할지 몰랐다. 그렇지만 알고 지내는 시간이 늘어갈수록 민지도 성격이 많이 개선되었고, 나도 익숙해져서 아무렇지 않다.

민지도 지연이와 같이 내가 이사 왔을 때 처음 집에 놀러왔었다. 그리고 세 명이서 자주 우리집에서 놀았는데 민지가 우리집에 올 때마다 음식을 거덜냈다. 하루는 우리집에 먹을 게 없어서 민지가 떡볶이를 해준 적이 있는데, 처음 해 보는 거라서 민지가 맛은 장담 못 한다고 했었다. 그런데 먹어보니 의외로 맛있어서 냄비가 꽤 큰 것이었는데, 거기에 있던 떡볶이를 우리가 다 먹었다. 그리고 떡볶이만 먹기에는 왠지 허전하여 메추리알을 꺼내서 반찬 삼아 먹었는데 통에 있던 걸 민지가 왔다 갔다 하면서 다 먹었다. 또, 어떤 날은 우리집에 도넛이 있었는데 딱 세 개가 있어서 각각 하나씩 먹기로 하고 내가 잠시 한눈을 판 사이에 민지가 자기 것을 다 먹고 내 것을 또 먹고 있어서 난 도넛을 먹지 못했었다.

그래서 솔직히 "넌 오지 말았으면 좋겠다, 민지야"라고 말하고 싶다. 가끔은 미울 때도 있지만 금방 잊어버린다. 지금은 다른 반이 되어서 인사만 하는 정도인데, 학교에서든 밖에서든 서로에게 고마운 존재로 남았으면 좋겠다.

　모든 친구들이 나에게 소중하지만 그 중에서도 추억이 많은 친구들을 적었다. 이렇게 친구에 대해 적다 보니 내가 친구들에게 미안한 것과 고마운 것도 많이 떠올랐다. 만약 친구들이 없었다면 내가 지금처럼 즐겁게 지낼 수 없었을 것이다. 또 학교를 멀쩡하게 다니지 못했을 수도 있다. 내 인생을 바꿀 수 있었던 친구들이 내 곁에 있어 난 지금 너무나 행복하다.

Dream

before

어릴 때부터 내 꿈은 정확히 딱 뭐라고 정해 둔 것이 없었다. 다른 애들도 모두 한번쯤은 가졌었던 꿈. 의사, 교사, 간호사 등 '사' 자로 끝나는 직업들. 이 꿈들은 모두 내가 꾼 것이 아니라 친구들이 말하니까, 부모님들이 말씀하시니까 가졌던 꿈이었다.

얼마 전까지만 해도 꿈이 중요하게 느껴지지 않았다. 하지만 시간이 점점 흐를수록 친구들은 미래를 위해 공부도 하고, 자신있게 꿈을 말하는 것을 보니 열등감을 느꼈다고 해야 하나? 그때부터 내 꿈을 다시 생각했다. 내가 무엇을 잘하는지, 무엇을 좋아하는지, 무엇을 하고 싶은지 생각해 보았다. 하지만 그 꿈이라는 게 쉽게 정해지는 것도 아니고 그 꿈이 정해졌다 한들 내가 그 일을 잘 해낼 수 있을지도 걱정이다.

— ing

내가 그나마 생각한 게 제빵사이다. 우리집은 내가 중학교 1학년 때부터 부모님께서 맞벌이를 하셨다. 또, 당시에는 내가 공부도 안 하고 집에서 주로 놀기만 해서인지 아빠가 공부를 안 할 거면 집 청소를 하라고 하셨다. 지금까지 우리집 청소는 내가 담당하고 있다.

솔직히 공부보다 청소가 더 쉽다. 나는 청소처럼 주부의 일이라고 여겨지는 일이 내게 맞는 것 같았다. 그래서 내 꿈은 현모양처가 되었다가 디자이너, 또 요리사로 계속 바뀌었다. 그리고 생각 끝에 떠오른 것이 제빵사였다. 빵을 좋아하기도 하고, 손으로 만드는 일을 잘 할 수 있을 것 같기도 해서 내 꿈이 제빵사가 되었다.

당시 〈제빵왕 김탁구〉라는 드라마가 했는데 그 드라마를 자세히 보지는 않았지만 막연하게 알던 제빵사에 대해 조금 더 폭을 넓혀 주어 제빵사라는 꿈을 가지게 해주었다. 나는 내년 봄에 제과제빵사 자격증을 따려고 한다. 많은 사람들이 그렇겠지만 어떤 일을 하기 전에는 알 수 없는 두려움에 휩싸인다. 그 두려움을 이겨내면 일을 잘 못 해내더라도 마음이 편해진다. 내가 봄에 제과제빵사 자격증을 못 딴다 하여도 내 꿈에 더 다가갔다는 것에 만족하며 또 다시 도전할 것이다.

할머니

1

초등학교 3학년 때 외할머니께서 돌아가셨다. 난 할머니와 가까이 살았는데도 친해지지 못하였다. 그렇다고 내가 할머니를 싫어했던 건 아니다. 선천적인 내 소심한 성격 때문인지 몰라도 할머니는 나에게 너무 어려운 존재였다. 그렇게 끝내 친해지지 못한 채 할머니가 떠나가셨다. 처음엔 믿지 못했다. 그리고 눈물부터 흘렀다. 그동안 잘해드리지 못한 것이 후회스럽고 병원에서 울고 있을 엄마를 생각하니 마음이 아팠다. 장례식 3일은 금방 지나갔고 하루하루 울음소리가 끊이질 않았다. 그리고 할머니의 관이 땅에 묻힐 때 엄마는 또 우셨다. 나도 눈물을 참고 있었는데 큰고모할머니께서 "넌 할머니가 돌아가셨는데 슬프지도 않냐?"라는 말을 듣고 맘 속으로 짜증을 내면서도 눈물을 훔쳤었다.

그렇게 할머니는 떠나갔고 가족들도 평상시 모습으로 돌아왔다. 할머니께 잘해드리지 못한 게 맘에 걸려서인지 난 가끔 기도를 한다. 너무 죄송하다고. 할머니를 싫어한 게 아니라고, 모두 행복하게 해달라고. 내 기도가 할머니에게 전해졌을 거라 믿으면서 말이다.

2

생전에 할머니께선 슈퍼를 하셨다. 그래서 과자, 아이스크림 등을 맘껏 먹었다. 할아버지께서 일찍 돌아가시고 할머니께서는 혼자서 딸 넷을 키우셨다. 슈퍼 하나로 식구를 먹여 살리는 건 쉬운 일이 아닐 텐데 할머니는 그렇게 하셨다.

하지만 나이가 드시면서 점점 힘들어하시는 것 같았다. 그래서 내가 초등학교에 들어갔을 땐 셋째 이모와 우리 엄마가 교대로 슈퍼를 봤다. 많은 추억이 있는 슈퍼는 이제 우리의 것이 아니다. 할머니가 돌아가시고 우리 가족이 이사를 가면서 그 슈퍼는 팔았다.

솔직히 내가 할머니를 어려워한 것은 별다른 이유가 없지 않았나 싶다. 기억은 안 나지만 대략 일곱 살 추석 때 일이다. 엄마 심부름으로 할머니댁에 갔는데 할머니께서 주무시고 계셨다. 엄마가 시킨 심부름만 하고 집에 돌아가려고 했는데 할머니 머리맡에 물컵이 있었다. 근데 그 안에 뭔가 들어가 있었다. 자세히 봤는데 그게 틀니였다. 난 틀니라는 걸 들어보기만 하고 실제로 본 적이 없어서 놀랐다. 그게 할머니 입 속에 있던 이빨이라니……. 그 순간, 할머니가 동화 속 마귀할멈이라도 되는 듯 굉장히 무서웠다. 그래서 엄마 심부름도 까먹고 집으로 뛰어 돌아가버렸다. 그 이후로 얼마 동안은 할머니가 무섭게 느껴졌다.

3

가끔 할머니댁에 간다든가 할머니와 같이 산다는 얘기를 하는 친구들을 보면 부럽다. 할머니와 같이 밥도 먹고 친구처럼 이야기도 하는 이런 사소한 일들을 이제는 영원히 할 수 없다는 것이 아쉽다. 만약 할머니가 좀 더 사셨다면 나도 틀니 때문에 생겨난 감정을 벗어나서 할머니와 더 가깝게 지냈을 것이고, 나도 지금과는 조금 달라졌을 수 있지 않을까?

언제나 항상 내 곁에

1990년 11월 18일 부모님이 결혼식을 올렸다. 처음 결혼 허락을 받으러 갔을 때 외할머니께선 허락을 안 해주셨다고 한다. 대단한 반대를 무릅쓰고 두 분은 결혼을 하셨다고 한다. 두 분이 결혼하기까지 어떤 일이 있었는지는 잘 모르지만 지금의 나를 태어나게 해 준 부모님께 너무 감사한다. 만약 그때 결혼을 하지 못하고 두 분께서 헤어지셨다면 난 지금 이렇게 글을 쓰지 못했을 테니까 말이다.

어머니

어머니는 해산물 도매업을 하시는데 새벽에 일을 나가 저녁에야 집에 들어오신다. 가끔씩 가게에 찾아가면 피곤해 보이는 모습에 마음이 아프다. 그렇게 일을 다 하시고 집에 들어오시면 가족들 밥 챙겨주랴 집안 정리하랴 쉬지를 못하신다.

어머니도 '엄마'이기 전에 '여자'이다. 하지만 혼자만의 공간이 없으시다. 화장도 하지 않으시고 옷도 싸고 편한 옷으로 사 입으신다. 가끔은 스스로를 가꾸지 않는 어머니가 이해 안 되지만 엄마와 아내의 역할을 다 하시려면 그럴 수밖에 없다고 생각한다. 그래서 가족들을 항상 먼저 생각하시는 어머니가 가끔은 안쓰럽기도 하다.

나는 여태까지 어머니를 기쁘게 해드린 적도 없고 어디 가서 자랑할 만한 일들도 하지 않았다. 그래서 항상 어머니께 안 좋은 모습만 보여드리는 것 같아 죄송스럽다. 그래도 노력한다고 하는데 그게 쉽지만은 않은 것 같다.

가끔 보면 엄마는 사소한 것에 서운함을 느끼는 것 같다. 나는 신천에 운동을 하러 가는데, 거기서 에어로빅을 가르쳐준다. 엄마가 몇 시에 하냐고 알아보라고 했다. 그래서 에어로빅을 하는 곳에 가서 시간을 알아봤더니 7시 40분이었다. 엄마가 그 다음날 같이 가자고 했다. 근데 내가 친구들과 도서관에 간다고 9시쯤 들어와서 엄마와의 약속을 지키지 못했었다. 그래서 미안한 마음에 지금이라도 가자고 했지만 엄마는 삐친 듯 안 간다고 했다.

이렇게 내가 사소한 일로 엄마를 서운하게 만드는 경우가 많았던 것 같다. 그래서 엄마랑 같이 저녁밥을 먹기 위해 기다리기도 하고, 엄마가 시내에 가자고 할 때도 귀찮아도 나가려고 한다.

나는 엄마의 소중함을 평소에는 느끼지 못하는데 엄마가 모임이나 어디를 가서 늦게 들어오면 엄마의 빈자리가 크다는 것을 느낀다. 한번은 내가 초등학교 4학년 때 엄마와 아빠가 호주로 여행을 간 적이 있었다. 처음에는 엄마와 아빠가 없어서 좋았다. 근데, 밤에 학교숙제를 하다가 모르는 문제가 있었는데 오빠는 자고 있었고, 오빠를 깨우기엔 좀 그렇고 해서 정말 짜증이 났었다. 엄마가 여행을 간 것이 원망스러워서 눈물이 났고 엄마가 빨리 돌아오길 바랬다. 지금 생각해 보면 학교에 가서 친구에게 물어볼 수도 있었고 선생님에게도 물어볼 수 있었는데 왜 울었을까 하는 의문이 든다. 아마도 집에서 나를 챙겨주던 엄마가 없었기 때문에 울었던 것 같다.

조금 있으면 엄마가 가게를 그만하신다고 한다. 난 처음에는 엄마가 일하는 것에 대해 찬성을 했지만 시간이 흐를수록 집안에 엄마의 손길이 닿지 않아 엄마가 아예 없는 것 같았었다. 엄마가 아침에 밥을 챙겨주고, 우산이 없으면 학교에 데리러 오고, 학교를 마치고 집에 가면 "다녀왔습니다"라는 나의 인사를 받아줄 엄마가 있는 것이 그리워졌다. 그래서 엄마가 되도록이면 빨리 가게일을 그만하고 집으로 돌아와 같이 평일에 놀러다니기도 하고, 목욕탕도 주말마다 갔으면 좋겠다.

엄마가 없는 집에서 며칠은 살 수는 있을 것이다. 하지만 엄마가 없는 세상에선 살 수 없을 것이다. 나에게 항상 퍼주시는 엄마가, 화를 내도, 나를 때리더라도 난 엄마가 좋다.

아버지

아버지는 보험회사를 20년째 다니고 계시다. 이 일이 적성에 맞아서 오랫동안 하셨는데 지금은 사람들이 보험에 대해 잘 알아서 그런지 실적이 그리 좋지는 않으시다. 그래도 가족을 위해 많이 노력하고 계신 것 같다.

아버지는 어렸을 때 고생을 많이 하셔서 다른 남자들처럼 키도 크지 않고, 체격도 크지 않다. 그렇지만 나에게는 너무나 크게 느껴진다. 친구들의 아버지 이야기를 들어 보면 보통 무뚝뚝하고 무섭기만 한데, 우리 아버지는 애교도 많으시다. 나에게 사랑의 총알을 날리시기도 하고, 공부하라는 말도 내가 잔소리처럼 느끼지 않도록 우스꽝스런 말투로 "공부~ 공부~" 이러신다. 나의 오랜 친구같이 너무 편한 사이이다.

아빠는 '말'로 먹고 사는 사람이라고 자주 말씀하신다. 그래서 말에 대해서는 좀 엄격하신 편이시다. 하지만 난 가끔 그걸 잊어버리고 막말을 해서 아빠에게 혼난다. 어느 날은 내가 기분이 좋지 않아서 그냥 텔레비전만 보고 있었다. 근데 그날은 아빠도 회사일이 잘 안 풀렸던 것 같다. 아빠가 와서

"공부 안 하나?"

"알았다. 할게."

"네 말투 왜 그런데?"

"……."

난 그냥 아무 생각 없이 말한 건데 아빠는 내 억양이 맘에 안 들었던 건지 나에게 말을 똑바로 하라고 했다. 이렇게 버릇없게 느껴지는 말투 때문에 아빠에게 혼날 때가 많다. 그래서 아빠와 말을 할 때는 신경을 쓰게 된다.

　그리고 난 옷에 관심이 많아서 초등학교 5학년 때부터 인터넷 쇼핑을 했다. 주문하면 항상 아빠가 돈을 부쳐주셨다. 그때는 미안함을 못 느꼈는데, 나이가 드니 주문 횟수도 많아졌고 그때마다 계속 돈을 부쳐달라고 해서 미안했다. 그래도 아빠는 이때까지 돈을 안 부쳐주신 적이 없다. 아빠가 항상 투덜거리면서도 입금을 해주시는 모습에 마음이 조금 안 좋기는 하지만 옷이 도착하면 아빠에게 고마운 마음은 사라지고 빨리 옷을 입고 나가고 싶다는 생각밖에 들지 않는다. 아빠는 나에게 항상 잘해 주시는데 난 그것을 생각하지 못하고 받기만 하여 정말 미안한 마음뿐이다.

　내가 학교에서 돈을 훔치는 사고를 쳤는데 솔직히 아빠가 많이 혼내실 거라고 생각하지는 않았다. 하지만 내가 지레 겁을 먹고 친구 집으로 가출을 했었다. 친구의 집에 있는데 친구의 엄마가 사정을 모르고 우리 엄마에게 전화를 해서 내가 있는 곳이 들켰다.

　그래서 엄마에게 끌려서 아빠에게 갔다. 아빠가 이때까지 본 표정 중에 굉장히 화난 얼굴을 하고 있어서 '난 죽겠다'라고 생각했다. 집에 돌아가 아빠가 "이수정!" 하고 부르더니 내 엉덩이를 쇠파이프로 죽도록 세게 때렸다. 그래서 엉덩이 전체가 멍으로 물들었다. 오빠들까지도 동생을 못 가르쳐서 그렇다고 덩달아 혼이 났고, 나 또한 반성문을 A4 용지에 빽빽하게 썼었다. 난 그때 아무 생각도 못 하고 울면서 반성문을 계속 썼었던 것 같다. 시간이 조금 지나고 생각해 보면 아빠가 그 사고에 대해 화가 나신 게 아니라 내가 상황을 피하려고 겁도 없이 가출한 것에 화가 난 것 같다.

내 친구들이 가끔 집에 오면 마치 당신의 딸처럼 잘 대해 주어서 우리 아빠가 너무 좋다. 그리고 다른 친구들이 아빠와 싸운 일화를 말할 때도 난 아빠와 많이 싸우지 않아서 공감을 잘 하지 못한다. 또 내가 아빠 이야기를 하면 친구들이 우리 아빠가 친구 같아서 너무 좋다고 말한다. 나도 이런 우리 아빠가 너무 자랑스럽고 다음 생에도 아빠의 딸로 태어났으면 좋겠다.

소녀, 세상을 말하다

글 이선주

대구 제일중 2학년 이선주이다. 귀여운 아이들을 가르치며 아이들의 동심을 닮아가는 유치원 선생님이 되는 것이 희망이다. 나는 희망을 이루기 위해 오늘도 노력 중이다.

'빼빼로데이'가 꼭 필요한 날인가?

'빼빼로데이' 풍습은 1996년 무렵 부산, 영남지역의 여중생들 사이에서 날씬한 몸매를 유지하라는 뜻으로 친구들끼리 '빼빼로'를 주고받는 것에서 시작되었다고 합니다. 매년 제품 모양과 비슷한 11월 11일을 기해 지켜지고 있습니다. 빼빼로는 지난 83년 처음 출시된 이후 매출이 매년 15% 이상씩 꾸준히 성장해 온 장수제품입니다. 빼빼로데이 덕에 빼빼로를 생산하는 롯데제과는 매년 11월이 되면 매출이 폭증한다고 합니다.

이 날은 용기가 없던 아이들이 좋아하는 상대에게 고백하는 날도 되고, 평소 친하던 아이에게 빼빼로를 주어 우정을 표현하는 날, 평소에 안 친하던 아이에게도 빼빼로를 주며 상대에게 호감을 표현하는 날이기도 합니다.

　그러나 학생들은 11월 11일이 다가오면 부감담을 느낍니다. 왜냐하면 빼빼로를 살 때에 본인의 하루치 용돈의 몇 배 이상 쓰기 때문입니다. 대부분의 아이들은 오천 원에서 이만 원 정도는 쓴다고 합니다. 심한 경우에는 거의 십만 원 가까이 이 날을 위해 쓴다고 합니다. 물론 선물할 과자를 사기 위해 돈을 쓰는 것을 대수롭지 않게 여기는 아이들도 있을 것입니다.

　정말 순수하게 우정을 표하기 위해서 이렇게 돈을 쓰는 걸까요? 실상은 빼빼로를 받기 위해 빼빼로를 주는 것이나 마찬가지입니다. 내가 친구에게 빼빼로를 주는 만큼 받으니 상호 교환인 셈이고, 결국 지출한 만큼의 빼빼로가 내 손에 돌아오기 때문입니다. 나만 그렇게 하지 않는 것은 거의 불가능합니다. 그날 빼빼로를 받지 못하면 인기가 없는 아이가 되는 것이고, 그런 아이들은 착잡해하며 '내가 이런 존재였다니' 하고 결국 자괴감에 빠지게 됩니다.

　초등학교 저학년까지만 해도 빼빼로데이를 모르는 경우가 많지만, 아이들도 엄마 손 잡고 마트에 가면 "11월 11일은 빼빼로데이"라고 요란스럽게 광고를 하기 때문에 점차 11월 11일은 빼빼로를 사야 하는 것이라고 인식하게 됩니다. 또 빼빼로데이를 잊고 있던 사람들도 텔레비전에서 광고를 보거나 마트에서 빼빼로를 파는 것을 보면 '벌써 빼빼로데이야?'라고 생각하게 됩니다. 결국 상술 때문에도 빼빼로를 안 살 수 없을 정도로 광고나 마케팅을 많이 합니다.

이 날이 이렇게 광고를 할 만큼 중요한 날인가 생각해 봅니다. 우리나라에 역사적인 사건이 일어난 날, 예를 들면 한글날이나 제헌절은 잘 모르면서 빼빼로데이는 잘 아는 아이들을 뭐라고 해야 할까요?

빼빼로데이는 정말 필요한 날이 아닌 것 같습니다. 제과업체 매출만 올려주는 이런 날보다 나라에서 정하고 기념하는 현충일, 광복절, 빼빼로데이에 묻힌 농업인의 날(11. 11) 등이 더 중요합니다. 이런 기념일에 더 관심을 갖고 그날을 기리는 교육적인 내용을 방영하거나 관련된 책을 가까운 서점에서 팔아서 우리나라 사람에게 정말 의미있는 날들을 다시 생각해 보는 계기들을 마련했으면 좋겠습니다.

유명브랜드가 그렇게 좋아요? 

　요즘 내 또래 아이들은 부모님을 졸라서라도 옷과 신발 등을 유명한 브랜드 제품으로 사려고 합니다. 학교에서 어떤 아이가 브랜드 옷을 사 입고 왔을 때에 아이들은 "이거 진짜야?" "가짜야?" 이렇게 꼭 물어보곤 합니다. 우리들도 가격이 비싼 것을 무의식적으로 선호하고 있다는 것입니다. 아이들은 그런 것에 민감합니다. 자기가 입고 있는 브랜드를 가짜라고 하면 상대방과 싸울 때도 있고, 그런 말에 자존심이 상해 이게 정말 브랜드라며 상표를 보여주기도 합니다.

　우스갯소리로 하는 말이지만 여자들이 들고 다니는 명품 가방이 진짜인지 가짜인지를 구별하는 법이 있다고 합니다. 갑자기 비가 올 때 정말 명품 가방을 들고 다니는 사람은 가방이 젖지 않도록 가방을 품에 안고 뛰어가고, 가짜 명품 가방을 들고 다니는 사람은 비 가리개로 머리 위에 가방을 쓰고 뛰어간다는 것입니다. 아이들뿐 아니라 어른들도 유명브랜드를 입어야 뭔가 좀 있어 보이고 다른 사람들에게 무시를 안 받는다고 생각하는 것 같습니다. 학생들이나 어른들이나 먹는 것, 입는 것, 타는 것, 사는 곳까지 메이커를 찾고, 진짜와 가짜를 신경씁니다.

사람들이 왜 명품에 환장하게 되었을까? 아마도 인간의 끝없는 욕심 때문인 것 같습니다. 귀걸이를 사면 걸맞는 목걸이를 사고 싶고, 그에 맞는 신발, 가방을 사고 싶어집니다. 그게 인간입니다. 충분히 나에게 물건이 많이 있어도 자랑거리가 될 수 있는 명품을 가져야 자부심을 느끼기 때문입니다. 어떤 여성이 직장에서 5년 동안 일하며, 저축은 한 푼도 못하고 명품 가방만 몇 개나 사 모은 걸 후회하는 걸 들은 적이 있습니다. 의식주 해결도 제대로 안 되면서 분수에 넘치게 명품에 매달리니 명품에 환장했다고밖에 표현할 수가 없습니다. 모두 끝없는 욕심 때문입니다.

우리나라에 들어와 있는 명품 브랜드는 다 서양 것입니다. 백화점의 명품 브랜드 화장품이나 옷이나 여러 가지 명품의 모델들은 대체로 서양인인 것을 볼 수 있습니다. 내 생각엔 우리가 서양의 문물을 동경하고 때로는 열등감을 느끼기 때문에 서양 것을 가지고 싶고 따라하고 싶은 것 같습니다.

우리는 자신의 겉모습만 포장하는 것이 아니라 자신의 내적인 면을 더 성숙시켜야 합니다. 물건보다 자신을 더 사랑해야 합니다. 그리고 물건을 사더라도 자신의 능력 정도껏 명품을 사랑하길 바랍니다.

청소년들이 왜 담배를 피울까?

집으로 가기 위해 골목길에 들어서면 교복을 입은 학생들이 모여서 담배를 피우고 있는 것을 종종 발견할 수 있습니다. 싸이월드의 미니홈피에는 담배를 피우고 있는 사진을 올리는 청소년들도 있고, 교무실에 가면 간혹 학생들이 담배를 피우다 선생님에게 걸려 반성문을 쓰거나 벌을 받는 모습을 볼 수도 있습니다. 이 청소년들은 담배를 피우는 것이 무척 멋있다고 느끼는 것 같습니다.

담배, 이 조그마한 물건에 발암물질이 많이 들어있습니다. 일산화탄소, 니코틴, 흰개미의 독, 타르, 메탄올, 청산칼리 등 약 4,000여 가지의 발암물질이 들어있습니다. 메탄올은 제트기의 연료로 사용되며 청산칼리는 쥐약으로 사용되고, 일산화탄소는 자동차 배기가스에 포함되며, 포름알데히드는 시체에 불을 붙일 때 사용하는 것인데, 이것들이 다 담배에 들어가 있습니다. 이런 성분들은 우리 몸속에 있는 장기에 해를 입히는데 구강암, 폐암, 간암, 후두암, 신장암, 손과 발이 썩어 나가는 버거씨 병 등 많은 병을 유발한다고 합니다. 이렇게 담배는 걸어다니는 암과 같은 나쁜 존재입니다.

그런데 이렇게 나쁜 담배를 청소년들은 왜 피우는 걸까? 청소년들은 대게 처음에는 재미나 호기심으로 담배를 피우게 됩니다. 영화나 텔레비전에서 인기 스타가 담배를 피우는 모습을 보고 따라해 보기도 합니다.

또한 청소년들은 친구 간의 우정과 의리를 중요하게 여깁니다. 그래서 담배를 피우지 않는 학생들도 친구들의 권유 때문에 혹은 친구들과 멀어지지 않으려고, 억지로 피우게 되는 경우도 있습니다. 이것은 친구 관계를 소중히 여기는 청소년만의 특징입니다.

호기심 때문에, 친구 때문에 담배를 시작하다가 중독되어 나중에 도저히 못 끊게 됩니다. 담배 안에 들어있는 니코틴 때문에 담배의 유혹에서 못 헤어나옵니다. 중독자들은 담배를 안 피우게 되면 손이 떨리거나 불안해지거나 초조하며 집중력이 떨어지고, 두통, 소화장애 등 많은 금단

현상이 나타난다고 합니다.

　요즘엔 초등학생들도 담배를 피우는 경우가 많습니다. 초등학생들은 어려서 더욱 위험성을 못 느끼는 것 같습니다. 일부 청소년들은 심지어 독한 담배만을 피우기도 합니다. 흡연을 하는 어른들이 그래도 건강을 위해 순한 담배를 피우는 것과 대조적입니다. 아이를 유혹하는 사탕처럼 담배는 청소년을 유혹하는 과자와 같습니다. 먹을 때는 입에 달지만 건강에 해로운 과자처럼 담배는 몸에 아주 나쁜 결과를 남깁니다.

　학교에서 흡연예방교육도 받지만, 흡연자의 폐와 비흡연자의 폐를 대조한 사진만으로는 아이들이 흡연의 심각성을 안 느끼는 것이 아니라 못 느낍니다. 청소년의 흡연을 방지하기 위해 정부나 교육당국에서는 담배를 피워서 암이 걸린 환자의 고통을 체험하는 프로그램을 만들었으면 좋겠습니다. 남의 말을 듣거나 사진이나 동영상을 통해 흡연의 문제를 간접 체험하는 수업보다 직접 흡연으로 인한 고통스런 결과를 체험하는 학습이라면 멋을 내느라 담배를 피우는 청소년 흡연자들이 줄어들 것입니다.

청소년을 이해해 주세요 

2010년 청소년들의 우울증 테스트의 결과 자살충동을 느낀 경우가 다섯 명 중 한 명꼴이었다고 합니다. 청소년들이 왜 이리 우울할까요?

집에서나 학교에서나 어른들은 당신들 힘든 일만 생각하고 청소년들이 힘든 것은 당연하다고 생각하는 것 같습니다. 질풍노도의 시기라느니 어른들과 대화를 많이 해야 한다느니 말은 하지만 정작 우리를 이해하려는 노력은 별로 하지 않는 것 같아 마음을 닫게 될 때가 많습니다. 청소년들은 자기의 기분을 억제할 줄 모르기에 밖으로 표출하는 건데, 그것을 어른들은 그저 반항한다고 느끼기 때문에 청소년들이 스트레스를 더 받게 되는 것 같습니다.

　어른들은 청소년이 나쁜 길로 빠졌을 때에 그 길이 왜 우리에게 잘못된 길인지는 설명해 주지 않고 온통 자신들의 말과 세계로 설득시키려고 합니다.

　내가 일전에 엄마와 싸웠을 때에도 엄마가 내 사정을 묻지도 않고 그냥 무조건 네 행동은 잘못된 것이라고 설득하려고 했던 적이 있었습니다. 그날 나는 학교에서 귀걸이를 뺏겨서 기분도 참 안 좋았고, 배도 아팠고, 정말 컨디션이 안 좋았는데 엄마는 내가 친구와 싸운 줄 알았던 것 같습니다. 나보고 "네가 그런 애들이랑 노니깐 이런 일이 생기는 거다. 너도 공부 잘하는 친구 만나서 공부 좀 해라"라고 하셨습니다. 내 친구들이 공부도 못하고 나쁜 애들이라고 욕하는 것 같아서 기분이 참 불쾌했기에 짜증이 났던 것입니다. 엄마가 왜 기분이 안 좋으냐고 먼저 물어주셨으면 좋았을 텐데, 그때 나는 친구처럼 이해해 주는 엄마가 필요했을 뿐입니다. 엄마만 옳다는 듯한 말씀들이 지금도 서운합니다. 다른 부모님들도 자신의 자녀들에게 가끔 친구가 되어 공감해 주면 어떨까요?

　어른들이 우리 마음을 몰라주는 이유가 아마도 맞벌이를 하는 부모님이 많기 때문이 아닐까 합니다. 우리 학교에 있는 아이들도 거의 3분의 2는 부모님이 맞벌이라고 합니다. 맞벌이가 그만큼 많다는 것입니다. 엄마가 늘 집에 있는 경우보다 맞벌이 가정의 부모들은 바쁘고 시간에 쫓기게 됩니다. 대부분의 맞벌이 부모는 아이들보다도 늦게 들어오시고, 오셔서도 너무나 힘이 들어 우리에게 신경을 써주기 힘이 듭니다.

그런데 청소년들은 맞벌이를 하는 부모님의 그런 입장을 잘 이해하지 못합니다. 청소년들은 부모의 입장이 되어본 적이 없기 때문입니다. 그렇기 때문에 부모님들이 나름대로 힘이 들어 자녀들에게 세세히 관심을 가져 주지 못하는 것을 이해해 달라는 말씀을 해 준다면 자녀들도 부모님의 입장을 좀 더 이해할 수 있을 것입니다.

청소년들은 물론 부모의 보호 아래에서 성장합니다. 하지만 청소년들은 어린이가 아닙니다. 당연히 커갈수록 어른에게 구속받는 것을 싫어하고, 부모가 자신의 아이를 위해서 한 말이라도 그 아이들에게는 귀찮은 잔소리로 들리는 경우가 더 많을 것입니다. 그러나 어른들은 이해해 줘야 합니다. 어른들은 이미 청소년기를 거쳤으니까요. 만일 어른들이 계속 청소년을 더 잘못했다고 몰아가기만 한다면 서로 마음의 거리만 더 멀어질 것입니다.

이 책을 추천해요!

가네시로 가즈키, 양억관 옮김, 『SPEED』, 북폴리오, 2006

　표지는 소녀가 운동화 끈을 조이는 모습이다. 내 생각은 이 소녀가 어딘가로부터 뛰쳐나가려는 것 같다. 소녀는 아마 이 소설의 주인공일 것이다. 소녀는 자신의 과외선생님이었던 언니의 죽음을 파헤치는 과정에서 사회의 새로운 면을 엿보고 성장해 간다.

　소녀의 이름은 오타모코 가나코이다. 어느날 가나코의 과외선생님이자 친하게 지내는 언니가 자살한다. 가나코는 과외선생님이 자살을 할 리가 없다고 생각한다. 가나코는 과외선생님의 죽음을 타살이라고 확신을 하며, 과외선생님의 주변인물을 찾아다닌다. 가나코는 언니가 유명

대학의 교수이자 사회적으로도 저명인사인 교수님과 연인 관계였고, 그 교수는 가정이 있는 사람이었음을 알게 된다. 언니의 죽음이 타살임을 밝히려는 가나코를 언니의 친구와 교수가 계속 훼방을 놓으나 결국 소녀는 진실을 밝혀낸다.

가나코는 '강하다'는 말이 참 잘 어울리는 아이 같다. 갓 고등학생이 된 여학생으로서 가족도 아니고 친언니도 아닌, 조금 동경했던 과외선생님의 죽음의 원인을 밝히려고 위험을 무릅쓰고 파고들었다. 그 모습이 매우 어른스럽고 성숙하게 느껴진다.

만약에 내가 학교에서 친한 친구가 다른 친구들에게 따돌림을 당한다면? 내 친구가 다른 아이와 싸워서 곤란한 상황에 처했을 때에 난 그 친구를 적극적으로 도와주지 못했다. 나는 그 아이와 싸우지도 않았는데 내 친구를 도와주면 괜히 어색해질 것 같았고, 당장 내가 친한 친구의 편을 들다가 다른 아이들까지 엉키면 나중에 더 큰 싸움이 될 수도 있을 것 같아서였다.

그런데 가나코는 나와 다른 상황이긴 하지만 동경했던 과외선생님의 죽음을 적극적으로 파헤치는 것에 놀랐다. 정말 나와 달랐다.

이 책을 보면서 나는 적극적이고 당당한 사람이 되고 싶어졌다. 그리고 하나의 일에 몰두하는 성숙한 사람이 되고 싶다고 느꼈다. 나도 가나코를 동경할 것 같다. 가나코가 과외선생님을 동경했듯이…….

track 01. 노래하듯이

글 김민정 삽화 이유정

김민정. 하고 싶은 게 많다. 그래서 아직 꿈을 정하지 못한, 이것도 저것도 아닌 나이 열다섯. 초등학생 때부터 계속 가졌던 유일한 꿈, 가장 이루고 싶은 꿈은 '작가' 다. 아무것도 모르고, 멋지게 쓰지도 못하지만 그래도 글을 쓰면서 꿈에 다가가고 싶다. 작가라고 하기엔 많이 부족하고 어설프지만 예비작가가 된 것 같아 설렌다!

시계는 이제 막 5시를 가리켰다. 방과 후 모두가 집으로 돌아간 시간. 담장 너머로 노을이 하늘을 붉게 물들인다. 아이들이 뛰어놀던 운동장도 유난히 작아 보인다. 열심히 아이들의 발에 차여 나뒹굴던 축구공도 조용히 놓여 있다. 정신없이 북적이던 복도도, 시끄럽던 강당도, 지금은 아무도 없다.

나 홀로 남겨진 교실, 낯설지도 무섭지도 않다. 1학년 건물과 3학년 건물을 잇는 다리를 지나 이층 별관 복도 끝. 오늘도 난 어김없이 제1음악실 문을 열었다.

$$* * *$$

　기다리던 버스가 정류장 앞에 멈춰 섰다. 버스에 올라 교통카드를 찍고 자리에 앉았다. 집에서 학교까지 멀다 보니 조금 이른 시간이지만 일찍 출발한다. 창 밖의 사람들은 아주 바삐 움직이는 듯하다. 반듯하게 넥타이를 고쳐 매고 출근하는 회사원과 힘차게 가게 문을 여는 상인들, 생글생글 웃으며 엄마 손을 잡고 등교하는 꼬마 아이들. 이런 모습을 볼 때면 그날 하루만큼은 알 듯 모를 듯 기분이 좋아지곤 한다. 가끔은 이런저런 생각에 빠지곤 하지만 오늘은 유난히 생각이 깊어진다. …… 꿈에서 엄마를 보았기 때문이다.

　5년, 딱 5년 만에 보는 엄마의 얼굴은 그리 밝지도 어둡지도 않았다. 그저 희미하게 미소를 머금은 얼굴로 아무 말 없이 날 바라보기만 할 뿐이었다. 엄마가 너무나도 반가웠다. 사진에서만 보던 엄마가 아닌 비록 꿈이지만 내 눈으로 엄마 모습을 봤으니 말이다. 그동안의 그리움, 슬픔, 고난, 눈물 그리고 쓸쓸함. 이 복잡하고 미묘한 감정들이 복받쳐 올라왔다. 한걸음에 엄마에게 달려가 안기고 싶었다. 어쩌면 그 5년이라는 시간 동안 담아두었던 어리광일지도 모른다.

내가 열두 살이던 그 해, 눈이 소복하게 내리던 어느 겨울날 엄마가 돌아가셨다. 마치 순식간에 녹아 없어지는 눈처럼……. 사랑하는 사람을 이제 다시는 볼 수 없다는 것의 의미를 알기엔 난 너무 어렸고, 철이 없었다.

그 후로 가을 운동회, 초등학교 졸업식, 그리고 매년 찾아오는 내 생일을 엄마 없이 쓸쓸히 보내어야 했다. 하지만 점차 엄마 없는 생활도 익숙해졌고, 점차 밥 하는 것과 빨래 같은 집안일도 나 스스로 할 수 있게 되었다. 그리고 지금은 한 달 전 막 고등학교에 입학해 적응 중이다.

이런저런 생각을 하다 보니 벌써 학교에 도착하였다. 오늘따라 우리 반이 좀 시끄럽다. 여자애들이 수근대는 얘기가 뭘까 좀 궁금하다. 자리에 앉아 책 읽는 척하며 그들의 이야기에 은근슬쩍 귀를 기울였다.

"그거 들었어? 합창부에 반주를 맡은 강선우 선배가 탈퇴한대. 잘은 모르겠는데 음악 공부하러 유학 간대나."

합창부? 고등학교에 합창부가 있나?

"그럼 반주는 이제 누가 맡아?"

"글쎄……. 그 선배만큼의 피아노 실력이 있는 사람이 있을까?"

소문은 빠르게 학생들에게 퍼져나가는 듯했다. 강선우. 누굴까? 그 사람. 누구기에 전교생을 떠들썩하게 하는 걸까. 쉬는 시간 복도에서도, 점심시간 매점에서도, 똑같은 얘기를 들어 이제는 귀에 딱지가 앉을 정도이다.

오후 수업은 평소와 달리 빨리 지나갔다. 종례를 하고 모두가 집으로 돌아갔다. 나는 남아서 선생님이 부탁하신 일을 마치고 돌아가려고 발걸음을 돌리는데, 별관 복도 끝에 위치한 제1음악실이 유난히 눈에 들어왔다. 음악시간이 든 날에는 항상 제2음악실에서 수업했기 때문에 제1음악실은 가 본 적이 없었다.

나는 호기심에 살며시 문을 열고 들어가 이리저리 둘러보았다. 여기서는 수업을 별로 안 하는 것 같았다. 빽빽이 꽂혀 있는 악보와 CD들, 그리고 피아노가 보였다. 나는 피아노 쪽으로 다가가 앉아 뚜껑을 열고 하얀 건반 위에 손을 얹었다. 피아노 앞에 앉아 본 건 정말 오랜만인 것 같다. 엄마가 떠나신 후 점차 피아노도 잊어갔다.

난 기억을 되짚어 엄마가 항상 나에게 들려주시던 곡을 하나하나씩 건반을 눌러 나갔다. 어렸을 때 엄마 옆에서 듣고 자라다 보니 자연스레 배우게 되었다. 어렸을 때는 꽤 어려운 곡 같았는데 지금 보니 그렇게 어려운 것도 아니다. 꼭 엄마가 나에게 연주하기 쉬우라고 만들어주신 것 같았다. 이건 좀 오버인가?

나의 손이 멈추고 어디선가 짝짝짝 하고 작은 박수소리가 들렸다. 난 박수소리에 놀라 소리가 났던 쪽으로 시선을 돌렸다. 선배로 보이는 남학생이 서 있었다.

"이야, 너 대단한대?"

누가 보는 줄도 모르고 나도 모르게 추억에 빠져서 열중해 버렸던 것이다. 온몸이 굳은 것처럼 아무 말도 할 수 없었다. 그냥 멍하게 햇빛에 비치는 그 사람의 얼굴을 바라보기만 했다. 난 나서는 걸 좋아하지 않는다. 누가 보는 앞에서 이렇게 열중해 연주를 한다는 것은 나로서는 상상도 할 수 없는 일이었다.

번뜩 정신을 차리고 보니 그 남자선배가 다가와 앉아있었다. 이렇게 바로 옆, 가까이서 보니 새삼 연주한 일이 생각이 나서 얼굴이 붉어졌다. 무의식적으로 힐끔 명찰을 보았다. '강선우'. 소문으로만 듣던 그 사람이었다! 놀라지 않을 수가 없었다. 이 사람이 그렇게 피아노를 잘 칠까? 전교생을 떠들썩하게 한 그 사람. 바로 이 사람이었다니…….

"복도에 울려 퍼지는 피아노 소리가 내 걸음을 이리로 오게 해 버렸지 뭐야."

하며 싱긋하고 웃어 보인다. 이 말에 난 고개를 폭 숙일 수밖에 없었다. 그런 나를 보고는 마치 기운을 북돋아주는 듯이

　"너만 괜찮다면 한 번 더 연주해 줄 수 있겠니?"

　잠시 망설이다 난 다시 손을 움직였다. 아까와는 달리 이렇게 가까이, 그것도 바로 내 옆에서 낯선 사람이 듣는다니 가슴이 쿵쾅거려서 손까지 떨렸다. 하지만 이내 난 긴장을 풀고 더 부드럽게 연주해 나갔다.

　"기분을 좋아지게 해. 네가 작곡한 거야?"

　"아뇨. 엄마가……."

　"너는 피아노 전공하니?"

　"아뇨. 지나가다가 비어 있길래……. 죄송해요. 이만 갈게요."

　방금 전까지 잘 모르는 남자 선배 옆에서 피아노를 연주했던 게 정말 나였던가? 갑자기 부끄러워져 서둘러 나오려는데, 한 가지 의문이 생겼다. 불쑥 들어와서 내 피아노 소리를 듣고 이런 얘기를 하는 이유가 뭘까?

"저기, 잠깐만."

그 선배는 잠시 생각에 빠진 것 같았다.

"음……. 합창부에 들어올 생각 없어? 피아노 반주로."

당황스럽다. 낯설고 놀랍고, 그냥 많이 당황스럽다. 정적이 흘렀다. 내 머릿속은 혼란스러웠다. 그럼 그 선배가 탈퇴한다는 그 소문도 사실이고, 유학을 간다는 것도 사실이란 건가? 그럼 어째서 대뜸 나한테 이런 권유를 하는 거지?

"다음 주 수요일 7교시, 제1음악실로 와. 기다릴 테니까, 할 마음 생기면 꼭 와. 알았지?"

선배는 그 말을 남기고 음악실을 나갔다. 한동안 난 자리에서 일어날 수가 없었다. 무엇보다도 나에게 먼저 다가와 준 사람도, 나를 처음으로 인정해 준 사람도, 모든 것이 그 사람이 처음이라는 게 좀 새로웠다.

"지이잉—."

"여보세요."

"학교 마쳤나? 올 때 두부 좀 사와."

"알았어."

시간은 벌써 6시를 향하고 있었다. 나는 서둘러 가방을 메고 집으로 갔다. 오늘따라 유난히 집으로 돌아가는 길이 먼 것만 같다. 특별한 일도 없었는데, 걱정이나 고민 같은 것도 없는데 말이다. 걷고 있지만, 앞을 보고 있지만 기분만은 방망이로 한 대 후려 맞은 것 같은 기분이다. 조금 충격이랄까.

버스에서 내리니 벌써 하늘이 발갛게 물들어 있었다. 집에 가기 전 슈퍼에 들러 한 손에는 두부를, 다른 한 손에는 커피우유를 사들고 갔다.

"다녀왔습니다."

가방을 내팽개치고 침대로 엎어졌다. 오늘은 다른 날보다도 더 힘든 날이었던 것 같다.

저녁을 먹고 소파에 드러누워 텔레비전을 보는데 옆에 같이 보던 아빠가 말을 걸었다.

"학교생활은 어떻노? 친구랑도 친해졌나?"

"그냥 그저 그래."

갑자기 문득 아까 음악실에서 있었던 일이 기억났다. 잠시 망설이다 입을 열었다.

"아빠, 나 합창부에 반주 제의를 받았어."

"음……. 해 봐라. 피아노도 다시 치고, 친구도 사귀고……. 너무 늦게 다니지는 말고. 해서 나쁠 거야 없지."

아빠의 말에 뭐랄까 기분이 좋아졌다. 걱정이나 고민 같은 게 풀리는 느낌. 이런 제의를 받은 것도, 아빠가 나를 배려해 주신 것도. 아직 고민이 해결된 건 아니지만 그래도 그 덕에 힘을 얻은 것 같다.

어제 난 자꾸 머리에 떠올라 잠도 한숨 자지 못했다. 수업시간에도 쉬는 시간에도 점심시간에도 온통 머릿속엔 그 생각뿐이었다. 그렇게 고민할 것도 없는데 말이다.

'다음 주 수요일 7교시, 제1음악실로 와. 기다릴 테니까, 할 마음 생기면 꼭 와. 알았지?'

다음 주 수요일까지 난 어떤 결정이든 내려야 한다. 적응할 수 있을지 걱정되기도 하고 약간 두렵기도 하다. 만약에 반주자가 된다면?

고민 때문일까, 순식간에 일주일이 지나버렸다. 그동안 난 결정을 내렸고 오늘 7교시 내가 내린 결정대로 할 것이다. 6교시가 끝나는 종이 울리고 난 조금씩 제1음악실로 발걸음을 옮겼다.

나는 드디어 음악실 문 앞에 섰다. 이 문을 열고 들어가는 순간 난 합창부의 반주자가 되겠지. 저번에 몰래 음악실에 들어간 것처럼 살며시 문을 열고 들어갔다. 그 순간, "어, 왔다!" 보통 남자애들보다는 조금 작은 키를 가진 남자애가 나를 향해 소리쳤다. 그 소리에 많은 아이들의 시선이 나에게로 집중됐다. 내 얼굴이 순식간에 달아올랐다. 그 선배도 보였다.

"어서 와."

하며 웃어보였다. 내 손을 잡고 앞으로 가더니

"이제 얘가 나 대신에 반주를 맡을 거야."

말이 끝나기도 전에 선생님이 들어오셨다.

"아, 미안하다 얘들아. 일이 생기는 바람에……. 어라, 못 보던 얼굴이네!"

"저 대신에 반주를 맡아줄 아이예요."

"데려온다는 애가 얘였구나. 그럼 간단히 자기 소개?"

"이름은 신해은이구요, 합창부 반주자로서 열심히 하겠습니다. 잘 부탁드립니다."

말이 끝나자마자 귀가 울릴 정도로 크게 손뼉을 치고 환호했다. 그들의 열렬한 환영에 긴장하던 마음도 싹 가시고 정말 열심히 할 것 같다는 자신감에 벅차올랐다.

선생님께서 악보를 찾는 동안 난 그들에게 둘러싸여

"안녕, 우리 같은 반이지? 난 1학년 3반 이현서야. 이제 우리 친하게 지내자. 우리 반에 합창반이 없어서 연습 혼자 오기 심심했는데 진짜 잘 됐다. 환영해."

"천하의 강선우가 선택한 아이라니, 정말 대단한데? 난 최유리야. 2학년이구."

"우와, 반가워! 1학년 3반, 이름은 김보민이야."

여기저기서 쏟아지는 자기소개에 정신이 없었지만 기분은 좋았다. 내가 하고 싶은 것도 하면서 친구도 사귀고, 그렇게 점차 알아간다는 게……. 악보를 받고 설레임 반 걱정 반, 그렇게 연습은 시작되었다. 다음부터는 바로 피아노에 앉아도 되겠지?

* * *

아침에 허둥지둥 준비를 하는데 문자가 왔다. 확인할 새도 없이 바삐 집에서 나왔다. 버스를 기다리면서 시간을 확인하려고 휴대폰을 봤는데 문자가 와 있었다.

'연습실에 30분 먼저 와.'

선우 선배였다. 왜 먼저 오라는 걸까? 너무 궁금했다. 이렇게 아침 일찍 연락을 할 만큼 중요한 일이 뭘까? 혹시? 아니야. 잠시나마 얼굴이 빨개졌다.

'왜요?'

'미리 연습하자.'

또 다시 얼굴이 빨개졌다. 내가 반주를 잘 못해서 그런가 보다. 선배가 추천했으니 더 잘해야 되는데, 오랫동안 피아노를 쉬었으니 연습을 했어야 했는데……. 선배한테 좀 미안했다.

오후였다. 둘이 피아노 의자에 나란히 앉아서 함께 곡을 연주하니 왠지 설레었다. 약간 어색하지만 싫지 않은 긴장이 감도는 듯했다. 선우 선배를 좋아하거나 하는 감정이 전혀 없는데도 말이다. 30여 분 동안 허리를 나도 모르게 곧게 피고 있었나 보다. 손가락까지 아파 왔다. 고개를 돌리면 눈이 마주칠까 봐 악보만 쳐다봤다.

"해은아. 여기서 속도가 느려지는 거 알겠니? 니가 박자를 놓치면 안 돼. 좀 더 힘있고 빠르게 쳐 봐."

“그래, 금방 좋아지네. 역시 난 대단해.”

“자뻑이 심하시네요. 하하하.”

“나도 알아. 하하.”

유쾌하게 웃던 선배가 말을 이었다.

“너 레슨 안 받은 지 오래됐다고 했지? 당분간 내가 선생님이 돼 줄게.”

“괜찮아요. 저 혼자 연습할게요. 선배도 바쁠 텐데……. 그렇게 하면 제가 너무 죄송하죠.”

“아냐. 내가 하고 싶어서 그래. 합창에서 소프라노, 테너 같은 사람 목소리의 조화만 중요하다고 생각할지 몰라. 하지만 난 피아노도 한 파트를 맡고 있는 가수나 다름없다고 생각해. 잘 해야지. 그리고 이왕이면 내가 추천했으니 네가 잘했으면 좋겠고……. 아무도 없는 음악실에 울리던 네 피아노 소리에는 뭔가가 있었어. 안타까움이랄까. 네가…….”

그 순간 덜컹 문이 열리며

“어머! 너네 무슨 사이야? 사귀는 사이였어?”

“아니에요! 선배.”

“그림이 딱 그런데 뭘. 떠다니는 공기까지 달달한데?”

"야! 후배 그만 놀려라."

"야! 유리야. 표정 풀어. 정색하기는. 농담인데."

갑자기 어색해졌다. 유리 선배는 어색하게 웃었다.

선우 선배가 더 하려던 말은 무엇이었을까? 그날 연습하는 내도록 궁금했다. 그 이후로 방과 후면 나는 1음악실에서 합창곡 반주 연습을 했다. 피아노 반주도 합창의 한 파트라는 선배의 말이 연습을 하게 했다. 그리고 "내가 추천한 사람이 더 잘했으면 좋겠어"라고 한 선배를 실망시키고 싶지 않았다. 약속대로 선우 선배는 일주일에 한 번은 나의 연습을 도와주었다.

＊ ＊ ＊

한참 봄이 무르익은 5월, 계절도 피해갈 수 없는 중간고사 기간이 닥쳐왔다. 종례시간에 선생님께서 시험이 열흘밖에 안 남았는데 준비들은 잘하고 있냐는 말씀을 던지셨다. 순간, 벌써 그렇게 되었냐는 소리, "아!" 하는 탄식소리, 굳이 상기시켜 주지 않아도 된다며 선생님을 원망하는 소리들로 교실이 가득했다. 책가방을 주섬주섬 챙기는 내 주위로 현서가 다가왔다.

"해은아 공부 많이 했어? 아! 어떡해! 나 공부 하나도 안 했어! 뭐부터 하면 좋을까? 너 많이 했지? 나 좀 가르쳐줘. 아아! 어떡해."

"나 학교 도서관 가는데, 오늘부터 너도 같이 하자."

현서와 같이 공부하면 공부가 될까? 휴식시간에 지루하지는 않겠지만 지루하지 않게 수다만 떨다가 집에 가는 건 아닌가 순간 걱정도 되었다.

"아, 도서관이 있었지! 도서관은 책만 읽는 곳인 줄 알았는데? 이 언니 가 기꺼이 너랑 같이 가 주지. 근데 해은아. 우리 먼저 배부터 채우고 머 리를 채우자. 이 언니가 떡볶이 쏜다."

현서와 나는 도서관에 가방을 두고 매점으로 갔다. 떡볶이를 먹으면서 현서는 그새 시험 걱정은 잊은 것 같았다. 6월에 있을 합창발표회 얘기만 늘어놓고 있었다.

"작년에는 시민회관이 꽉 찼대. 다른 학교에서 많이 왔다더라. 선우 선배는 꽃다발에 파묻힐 뻔했대."

"해은아, 너네 옆에 좀 앉자."

보민이였다. 우리 반 친구인데 합창부다. 옆에 다른 친구도 있었다.

"시험 앞두고 학교에서 공부하는 사람이 많나 봐. 매점이 복잡해. 얘는 1반에 민다은이야. 우리 다 합창부지?"

"안녕, 근데 너는 처음 보는 것 같애."

"……."

의외로 다은이라는 애는 현서를 본 적이 없다고 했다. 현서처럼 수다스러운 아이의 존재를 모를 수 있다니?

"미안해. 해은이는 반주를 하니까 당연히 모르는 사람이 없잖아."

"괜찮아. 다른 파트에 있으면 모를 수도 있지."

다은이는 언제부터 피아노를 배웠느냐, 선우 선배랑은 어떻게 알게 되었냐고 간간이 나에게 질문을 했다. 합창부 얘기로 자연스럽게 대화가 흘러가면서 우리는 꽤 오래 얘기를 했다. 그만 공부하러 가자고 매점에서 나오려는데 수근거리는 소리가 내 귀를 간지럽혔다. "쟤가 강선우 선배 뒤를 이어 반주를 맡는대."

"최유리가 아니고?"

"뭐야. 합창부 경험도 있는 유리가 낫지 않아?"

힐끔 보니 2학년들이었다. 반주가 1학년이라는 것이 놀랍다는 듯 믿기지가 않는다는 둥 나에 대한 말들이 오고가는 듯했다. 유리가 기분 나쁘겠다는 말들도 들렸다. 유리 선배가 기분이 나쁘겠다는 게 이해가 가지 않았다. 나에 대한 얘기가 나도는 것이 신경이 쓰였지만 일단은 도서관으로 향했다.

조용한 분위기에서 공부는 하지만 답답한 기분이 들었다. 아까 전의 일이 신경 쓰였던 탓인지 보민이가 조용히 입을 열었다.

"야, 아까 2학년들이 말하는 거 들었어? 완전 장난 아니더라."

"하긴, 1학년이 반주 맡은 게 놀라운 일이긴 하지."

그런 말들을 듣고 보니 내가 합창부에 들어간 게 과연 옳았던 걸까 내심 걱정도 되고 기분이 별로 좋지 않았다. 공부할 마음으로 갔지만 머리에 전혀 들어오지 않아 금방 책을 덮고 도서관을 나왔다. 시험 걱정은 하나도 안 된다는 듯이 보민이는 여유로운 말투로 말했다.

"우리 시험 끝나고 영화 보지 않을래?"

"우와! 그래! 가자, 가자!"

모두 대찬성이었다. 시험이 끝나고 영화를 보러 가기로 약속이 잡혔다.

눈 깜짝할 사이에 시험이 끝났다. 이번 시험은 완전히 망쳤다. 그때 공부 안 하고 수다만 떨다 온 탓일까? 이미 엎질러진 물을 퍼 담아 봤자, 그래서 난 현서랑 보민이랑 영화를 보러 갔다. 1시, 공원에서 만나 먼저 점심을 먹고 영화를 보았다. 일찍 헤어지기가 아쉬워서 카페에서 수다를 떨었다.

"너 알아? 유리 선배가 선우 선배 좋아한대."

"선우 선배가 너 반주자로 넣었잖아. 너한테 마음 있는 거 아니야?"

"아니야! 내 실력에 반한 거지 나한테 반한 게 아니야."

그러자 애들이 웃었다. 마음 속으로는 유리 선배가 오해할 수도 있겠다고 생각했다.

합창부에 들어가 친구들이 많이 생기게 되고, 시험 치고 친구들이랑 시내에서 영화를 보기도 하고, 이번 학기는 정말 평소와는 다르게 지나가는 것 같다.

＊＊＊

7교시 합창부 연습이 있어서 청소를 빨리 끝내고 서둘러 음악실로 갔다. 수군거리던 말소리가 멈추더니 몇몇은 날 곱지 않은 시선으로 보고 또 몇몇은 걱정된다는 듯한 시선도 느껴졌다. 평소처럼 아이들에게 인사를 건넸지만

“아, 안녕.”

당황해 하며 황급히 자리로 가버리거나 아예 시선을 주지 않았다. 뭔가 이상했다. 항상 시끌시끌하던 음악실이 오늘따라 조용하다 못해 썰렁한 기운까지 맴돌았다. 현서가 갑자기 내 손을 잡고 나가려고 했지만 때마침 선생님께서 들어오셨다. 그 분위기 속에서 연습이 시작되었다. 일단 마치고 알아보기로 하고 연습에 열중했다.

연습이 끝나고 현서랑 보민이랑 집에 가면서 아까 있었던 일에 대한 얘기가 나왔다. 수다스럽던 현서가 조심스럽게 말했다.

“너 합창부에 어떻게 들어왔어?”

“음, 어쩌다 보니…….”

“지금 네가 강선우 선배한테 돈 주고 합창부 들어온 줄 알아. 아니지?”

“돈이라니? 아니야.”

“연습 때 애들이 수군거렸잖아. 그거 네가 합창부에 어떻게 들어왔는지에 대한 얘기였어. 돈 주고 들어왔다고 소문 쫙 퍼졌어.”

그럴 리가 없는데. 난 돈을 준 적도 없을뿐더러 왜 그런 소문이 퍼뜨려진 건지 이해가 되지 않았다.

"근데 나 그 소문 안 믿어. 네가 그랬을 거라곤 생각 안 해."

"대체 누가 퍼뜨린거지? 어째서……."

"일단 내일 소문의 근원지를 찾아보자. 너무 걱정하지 마."

"네가 그럴 리가 없잖아. 잘 해결될 거야."

며칠 동안 난 현서와 보민이랑 소문의 근원지를 찾기 위해 학년 가리지 않고 아이들의 말을 하나하나씩 들어보았다. 하지만,

"나도 친구한테 들은 거라서……."

"길 가다 우연히 들었어. 누군지는 잘……."

"글세……. 잘 모르겠는데."

하나같이 이런 말들뿐이고 누가 범인인지는 갈피를 못 잡고 있었다. 아무런 단서도 얻지 못하고 지나가 버렸다. 오히려 의심스러운 눈길만 돌아올 뿐이었다.

방과 후 연습이 있어 음악실로 갔다. 소문 이후로는 따가운 시선이 느껴져 반주하기가 쉽지 않았다. 무거운 마음을 안고 음악실에 들어섰다. 그런데 2학년 여자 선배들이 나에게 다가와 나를 둘러쌌다. 선배 하나가

아래 위로 쓱 훑어보더니 노려보면서 삐쭉 입을 열었다.

"야, 너 돈 내고 들어온 거라며?"

"뇌물 주고 들어온 주제에 그러고도 연주할 생각하다니, 너 참 뻔뻔하다?"

"그 자리 선우 자리야. 너 때문에 선우가 피해 보는 거 못 봐주겠거든. 그 자리에서 비켜."

말을 끝내기도 전에 한 선배가 내 어깨를 밀었다. 온갖 욕도 들려온다.

"우리는 네가 반주하는 곡에 맞춰 연습 안 해."

주위를 둘러보았다. 내 편을 들어줄 사람은 없어 보였다. 소문이 거슬리긴 했지만 그렇다고 해서 연습에 빠질 수는 없기 때문에 간 건데 다들 냉담한 표정만 보였다. 갑자기 변해 버린 반응들에 무섭기도 하고 결국 그 자리에서 한 마디도 하지 못하고 음악실을 나왔다.

"기다려! 같이 가."

내 가방을 챙겨 현서가 따라 나왔다. 저녁에 보민이한테서 전화가 왔다. 누군가 한 사람은 합창부의 반응을 살펴야겠기에 따라 나가지 않고 남았다고 먼저 말을 했다. 내가 나간 뒤로 반주는 유리 선배가 했다고 했다. 선생님이 임시로 누가 오늘 반주를 맡으라고 하자 2학년 선배 몇몇이

유리 선배를 추천했다는 것이다. 같이 못 가서 미안하다는 말과 내일 연습에 올 꺼냐는 질문을 했다. 할 말이 없었다. 선우 선배라도 있으면 속 시원히 해결을 해 줄 텐데 유학을 앞두고 가족여행을 갔다고 한다. 막막했다.

다음날 점심시간에 음악선생님이 부르셨다.

"어제 왜 그냥 갔어?"

"……."

"혹시 무슨 일이 있었어? 어제 분위기가 좀 묘하게 불편하더라. 반주자 어디 갔냐 물어도 대답하는 사람 없고."

"집에 일이 생겨서요."

"내가 도와줄 일이 없니?"

"……."

"다음부터는 사정 있을 때 먼저 말해라. 반주자 없으면 연습 안 되는 거 알지? 가 봐."

음악선생님께 의논할 수는 없는 일이었다.

집에 가는 길에 소문에 대해 현서가 입을 열었다.

"아무래도 저번에 매점에서 들은 게 좀 거슬려."

"아, 그때 2학년이 수군거렸던 거?"

생각에 잠겨 있던 보민이가 입을 열었다.

"분명히 누가 의도적으로 너를 모함하는 거야. 너에게 그럴 사람이 누가 있겠니? 합창부가 아닌 애들이 그런 소문을 낼 리가 없고……."

"그럼 합창부에?"

"그런 것 같아. 아니면 다른 애들이 뭐하러 그런 소문을 내겠어?"

"……."

듣고 보니 맞는 말이었다. 하지만 딱히 떠오르는 얼굴은 없었다.

＊＊＊

계속 보민이의 말을 생각하다가 너무 머리가 아파서 텔레비전을 켰다. 요즘 한창 인기 있는 삼각관계를 그린, 그렇고 그런 드라마가 방영 중이었다. 배신한 남편에게 복수하려는 여자 주인공의 변신 때문에 많이들 보는 것 같았다. 별 생각 없이 독설을 내뱉는 여자 주인공을 멍하니 보다가 카페에서 친구랑 했던 얘기가 문득 떠올랐다. '유리 선배가 선우 선배를 좋아한다 했었지? 혹시 유리 선배가 나를 오해해서?' 그렇지만 아니라고 믿고 싶었다.

합창부에 가서 직접 부딪혀 봐야겠다는 생각이 들었다. 졸업할 때까지 돈으로 반주자 자리를 샀다는 오명을 쓰고 살 수는 없었다. 밤새도록 차가운 아이들의 시선을 받으며 피아노 앞에 앉는 내 모습을 상상했지만, 합창반 연습시간이 가까워올수록 마음이 무거워져만 갔다. 용기를 내어서 음악실문을 열었다.

"야, 신해은! 너 낯짝 참 두껍다?"

"무슨 자격으로 다시 왔대?"

선배들이 보자마자 욕을 퍼부어댔다. 유리 선배가 다가왔다.

"너 선우한테 돈을 얼마나 줬어? 선우가 돈 요구할 애는 아니잖아. 준다고 덥석 받을 애도 아니고. 너 때문에 선우까지 찌질한 애가 됐잖아. 너네 집에서 유학비라도 보냈니?"

"그래요, 선우 선배가 돈 받을 사람이 아니죠. 하지만 나도 그런 일로 돈 줄 사람 아니예요."

"그럼 뭐하러 너같이 실력 없는 애를 반주자로 넣겠니? 너 참 재주 좋다? 니가 선우 여자친구라도 돼?"

유리 선배의 말에 잠시 말문이 막혀버렸다. 보다 못한 보민이가 옆에서 거들었다.

"그럼 선배는 어디서 뭘 들었길래 그런 식으로 말하는 거죠? 사람 모함하지 말아요."

나는 조용히 유리 선배를 보며 말했다.

"유리 선배, 선배가 그 소문 퍼뜨린 거 아닌가요?"

"……."

유리 선배의 얼굴에 당황한 빛이 스쳤다. 하지만 이내 침착을 찾은 듯이

"내가 무슨 이유로? 증거라도 있어? 네가 코너에 몰렸다고 무턱대고 사람 의심하는 건 아니라고 보는데?"

선배가 기분 나쁘다는 듯이 째려봤다. 아무 말도 하지 않으면 나는 내 잘못을 남에게 덮어씌우려 한 파렴치한 사람이 될 판이었다.

"증거요? 내가 선우 선배에게 돈을 줬다는 증거는 있나요? 선배가 소문을 냈다는 증거는 없지만 떠도는 말을 맞춰 보면 바로 나오는 걸요."

"선배가 선우 선배 좋아한다는 건 사실이죠? 선우 선배를 대신할 반주자 자리에 자기가 됐으면 좋겠다고 내심 바랬구요. 아니, 확신했나요? 하지만 해은이가 나타나면서 반주자 자리는 쉽게 해은이가 가져가고 말았

구요."

"자기가 될 거라고 생각했던 자릴 뺏겼다고 생각해서, 그래서 근거 없는 소문을 퍼뜨리고 해은이를 궁지로 몰아넣은 거 아닌가요? 어디 제 말이 틀렸나요?"

보민이와 현서가 기다렸다는 듯 척척 말을 받았다. 그러자 정곡을 찔린 듯 유리 선배의 눈동자가 흔들렸다. 곧 선배는 고개를 숙였다. 곁에 있던 유리 선배의 친구가 말했다.

"아니야! 이것들이 어디서! 도둑이 제 발 저린다고 어디서 소설을 써!"

"곱게 말하고 그만두게 하려 했더니 말귀 못 알아듣는구나!"

그때였다.

"야! 그만해!"

유리 선배가 차갑게 다른 선배들의 말을 끊었다.

"자, 그만들 해. 이래서 연습을 어떻게 하겠냐? 자기 자리에들 앉고, 해은아, 반주 시작해라."

테너 파트장을 맡고 있는 3학년 선배의 말에 겨우 분위기가 정돈되었다. 곧 선생님이 오셔서 어색하게지만 연습이 시작되었다.

연습을 마치고 나갈 때, 유리 선배와 유리 선배 친구들이 나를 째려보고 나갔다. 나가자마자 아이들이 내 주위로 오더니 유리 선배에 대한 말들이 끊임없이 오갔다. 아까 보민이의 말 뒤에 유리 선배가 과연 어떻게 답했을지 나도 물론 아이들도 의문이었다. 정말 유리 선배가 그런 걸까?

그 이후로 나에 대한 소문이 싹 사라진 건 물론 아니었지만 잠잠해지는 눈치였다. 대신에 유리 선배에 대해 수군거리는 소리가 들려왔다. 합창반에서는 다시 인사를 건네는 아이들이 있었고 숨통이 좀 트인 것 같았다. 저번 일이 개운치 않게 끝나서 며칠 동안 기분이 찜찜했다.

선우 선배가 가족여행에서 돌아왔다. 오늘은 선배가 돌아온 후 처음 연습하는 날이다. '저번 일에 관해 이야기를 꺼낼까?' 하고 고민했지만 일이 더 커질까 봐 하지 않기로 했다. 방과 후에 음악실로 갔다. 문이 열려 있었다.

"소문 다 들었어. 뭐가 진실이야?"

"무슨 소문?"

열린 문 틈으로 유리 선배와 선우 선배가 얘기하는 소리가 들렸다. 내가 들어갈 분위기가 아닌 것 같았다. 돌아서려다 내 이름이 들리는 듯해서 그냥 서있고 말았다.

"해은이가 나한테 돈 주고 들어왔다는 소문을 네가 퍼뜨린 게 사실이야?"

"할 말 없어."

"네가 했다고 하더라. 진짜 너 맞아?"

"……."

유리 선배는 주먹을 꽉 쥐고 고개를 숙인 채 말했다.

"듣고 싶니? 처음에 네가 반주를 맡을 사람을 찾는다기에 내심 기대도 해 봤어. 나도 실력이 떨어지지 않고 무엇보다도 오래 전부터 알고 지내던 친구니까. 어느 날, 네가 날 찾아와서 그랬지. 반주자 찾았다고. 근데 그 반주자가 갓 입학한 1학년이래. 왜 그 자리가 내가 아니라 나보다 못한 1학년일까? 네가 미웠어. 이렇게 가까운데 날 못 알아보잖아."

"……."

"저번에 해은이랑 네가 연습하는 거 보고 '쟤네 사귀는 거 아닐까…….' 이런 생각까지 들더라. 질투도 났어. 하지만 일부러 퍼뜨린 건 아니야. 내 얘기 잘못 알아듣고 친구들이 퍼뜨린 거지. 그래, 내가 바로 잡았어야 했는데……. 그렇게 하고 싶지가 않더라. 솔직히 해은이가 그 자리에서 비켜나게 될 수도 있겠다 싶었어."

"네가 그렇게 생각할 줄 몰랐어. 내가 해은이를 반주자로 들여보낸 건 그 아일 도와주고 싶어서야. 우연히 음악실에 왔다가 해은이가 연주하는 걸 들었어. 재능이 있다고 느꼈어. 그 소리를 듣고 순간적으로 결정한 거야. 네가 느낄 섭섭함은 생각지 못했어. 그 부분은 미안해."

"내가 걔보다 못한 게 뭐가 있어! 우리는 오래된 친구고 내가 그 애보다 실력이 더 나은 게 사실이잖아. 어째서……."

"넌 기회가 많잖아. 집에서도 지원해 주고. 걔는 기회가 없었잖아. 그래서 한번 기회를 주고 싶었어. 너도 피아노 소리 들어보면 알잖아. 아깝잖아. 반주자를 하지 않으면 피아노 칠 일이 없을지도 몰라. 너도 나랑 같은 생각이면 좋겠다. 내 결정이 불만스러웠다면 나한테 말하면 되는 거잖아. 섭섭하다는 말도 못할 정도로 못난 아이였니? 실망했어. 해은이한테 사과했으면 좋겠다."

선우 선배가 그런 생각을 하리라곤 상상도 못했다. 나를 반주자로 추천한 이유가 그런 것일 줄 몰랐다. 그냥 그 상황이 놀라웠다. 연습하려고 왔던 걸 까맣게 잊고 유리 선배와 선우 선배의 대화를 뒤로한 채 되돌아갔다. 앞으로 선우 선배랑 유리 선배를 어떻게 봐야 할지 걱정이 되었다. 전화기가 울렸다. 현서였다. 현서와 보민이에게 얘기할까 잠시 고민을 했지만 그냥 얘기하지 않기로 했다.

＊＊＊

그 다음날부터 며칠 동안 유리 선배는 합창부 연습에 오지 않았다. 선우 선배도 함께 연습할 때에 그 일에 대한 얘기를 꺼내지 않았다. 합창부에서는 유리 선배가 그 사건 이후로 합창부를 탈퇴했다는 말도 있고, 음악선생님께서도 설득을 하셨는데 나오지 않고 있다는 말도 있었다. 유리 선배에 대한 안 좋은 이야기들이 점차 수그러들어갔다. 합창부에 유리 선배가 빠지니 평소 같지 않게 썰렁하고 재밌지가 않았다. 다른 사람은 몰라도 나는 유리 선배의 빈자리가 계속 눈에 띄었다. 탈퇴한 건지 아닌지 잘 모르겠고 집중도 제대로 안 되었다.

쉬는 시간에 현서랑 보민이랑 이런저런 얘기를 하는데 교실 문 앞에 저번에 봤던 유리 선배 친구가 나를 불렀다. 현서랑 보민이는 같이 가주겠다 했지만 별일 아닐 거라고 혼자 나갔다. 팔짱을 끼고 창문에 기대선 선배가 한참 날 보더니 웃음기 없는 표정으로

"너 수업 마치고 뒤뜰로 와. 친구 데리고 오지 말고, 너 혼자 와."

이 말만 하고 내가 대답할 새도 없이 휙 돌아 가버렸다. 현서는 "뭐래니? 괴롭히지는 않았어?"라며 옆에서 떠들어댔다.

"그 선배가 뭐래?"

"아…… 그냥 요즘 합창부 어떠냐고 물어봤어."

"음 정말이지?"

"당연하지."

나도 모르게 현서와 보민이에게 거짓말을 해버렸다. 사실대로 말하면 또 걱정할 게 뻔하고 피해 주는 것이 싫었다. 물론 나도 걱정이 되고, 갈까 말까 망설여졌다. 선배가 여기까지 직접 찾아와서 말한 것 보면 가야 할 것 같기도 하고……. 현서랑 보민이라면 어떻게 했을까?

방과 후, 선우 선배와 연습이 있다고 둘러대고 뒤뜰로 갔다. 난 유리 선배가 친구들을 데리고 올 줄 알았는데 예상과 달리 혼자였다. 천천히 다가갔다. 어떤 말도 쉽게 할 수 없어서 머뭇거렸지만 먼저 말을 한 건 선배였다.

"오해를 풀려고 불렀어."

"……"

"음. 처음에 네가 반주자로 들어올 때 기분이 별로 안 좋았어. 막 말도 안 되는 이런저런 생각도 들면서 말이야. 네가 반주자로 들어오기 전에는 당연히 선우가 날 반주자로 앉힐 줄 알았어. 근데 내가 아니라 입학한 지 얼마 안 된 아무것도 모르는 1학년이 반주자를 한대. 나보다 실력도 안 좋고 잘 알지도 못하는 처음 만난 사이인데 말야. 그렇게 우리랑 상의도 없이 바로 반주자로 택하다니……. 선우랑 사귀는 사이가 아닐까 하는 생각도 들었어."

"저랑 선우 선배와는 아무 사이도 아니에요. 그런 기분 드셨다면 죄송해요."

"나도 알아. 나 혼자 멍청한 고민이나 했다는 거. 그리고 저번에 선우랑 만나서 얘기했어. 선우랑 오해도 풀리고, 난 정말 네가 싫었는데 선우 말 듣고 보니 나만 나쁜 애더라구."

선배의 표정이 처음보단 약간 수그러든 것 같았다.

"……."

"나 혼자 착각해서 이상한 소문이 나게 된 것, 너를 결국 궁지에 몰아넣은 것, 모두 진심으로 사과할게."

"괜찮아요. 이미 다 지난 일이에요. 선배가 먼저 사과해 줘서 얼마나 고마운데요. 너무 신경 쓰지 마세요."

"자, 화해의 악수!"

난 선배의 손을 꼭 잡았다.

"앞으로 너한테 밀리지 않도록 좀 더 노력할 거야. 그냥 선후배 사이로서가 아니라 나의 라이벌로서 말이야."

유리 선배는 활짝 웃어보였다.

"…… 라이벌."

내 얼굴에도 미소가 번졌다. 그동안 마음에 박혀 있던 돌덩이가 순식간에 빠져나간 기분이었다. 다행이고 또 다행이다.

다음날, 유리 선배는 합창부 연습에 다시 나오게 되었고 그렇게 전부 원래의 모습대로 돌아왔다. 하나만 빼고. 선우 선배는 합창발표회를 보지 못하고 유학을 떠났다. 아무런 인연도 없던 사람에게 너무나 큰 선물을 받은 셈이다. 나에게 이런 기회를 준 선우 선배에게 매일 고마워하며 피아노에 앉았다. 우리의 연습은 순조로웠다.

＊＊＊

예술회관 대강당, 커다란 무대에서 모든 관객들이 지켜보는 가운데서 연주한다는 게 처음에는 긴장되지도 걱정되지도 않았다. 하지만 막상 발표회날이 되니까 떨리고 불안하고 허둥지둥 정신이 없었다. 내가 주인공도 아니지만 어쨌거나 큰 무대에서 연주하는 건 처음이라 더욱 그럴 수밖에 없었다. 모두 같은 의상으로 맞춰 입은 아이들은 나처럼 긴장이 되는지 서로 잘하자며 결의를 다지고 그야말로 대기실은 흥분의 도가니였다.

나도 마음을 좀 가라앉혀 볼까 하고 현서랑 보민이를 찾았다. 수다스러운 현서 소리에 금방 현서를 찾을 수 있었다.

"야! 신해은! 넌 긴장 안 돼? 아, 음이 새버리면 어떡해. 한 명이 실수하면 전체한테 피해 준단 말이야. 긴장돼서 미치겠어."
라며 했던 말 하고 또 하고 호들갑을 떠는데, 보민이도 긴장되는 걸까?

"누군 긴장 안 되냐? 정신 사나우니까 조용히 좀 해. 부탁이야. 그래도 다 너처럼 호들갑 안 떨어. 으휴."
하고 한숨을 푹, 푹 쉰다.

"그나저나 네가 제일 긴장되겠어. 우리는 한 사람 실수 해도 누가 했는지 표시는 덜 나지만……."

"응! 실수 하면 어쩌지?"

"괜찮아. 그동안 열심히 연습했잖아. 마음 편하게 잘 해보자구!"

"휴. 그래."

보민이의 말에 긴장이 조금은 풀렸다.

우리 앞 순번 학교의 마지막 노래가 끝나는 소리가 들렸다. 드디어 우리 차례다. 서둘러 악보를 챙겨 나가려는데 2학년 선배가 불러 세우더니

"반주자! 우리 파이팅 해야지?"

"아……. 네!"

나도 손을 올렸다. 그리고 대기실이 떠나가라 외쳤다.

"파이팅!"

힘찬 구호를 마지막으로 우리는 함께 무대에 올랐다. 꽉 찬 관객석과 밝은 무대조명에 덜컥 겁은 났지만, 떨지 않고 침착하게 건반에 손을 얹었다. 선생님의 지휘에 연주를 시작했다. 나의 피아노 소리에 맞추어 울리는 아이들의 목소리가 아름다운 화음으로 대강당에 울려퍼졌다. 피아노 소리와 사람의 목소리가 어울려 이렇게 아름다운 소리를 낸다는 게 놀랍고 신기했다. 음악실에서 듣던 것과는 다른 감동이었다. 코끝이 찡해지려는 걸 간신히 참고 미소를 지었다.

아빠 손에 들려있는 사진 속에서 아마 엄마도 웃고 계실 것이다. 지금 이 5분이라는 시간이 지나도 나는 피아노 연주를 멈추지 않을 것이다. 앞으로도 영원히.

나? 나!

글 박정은

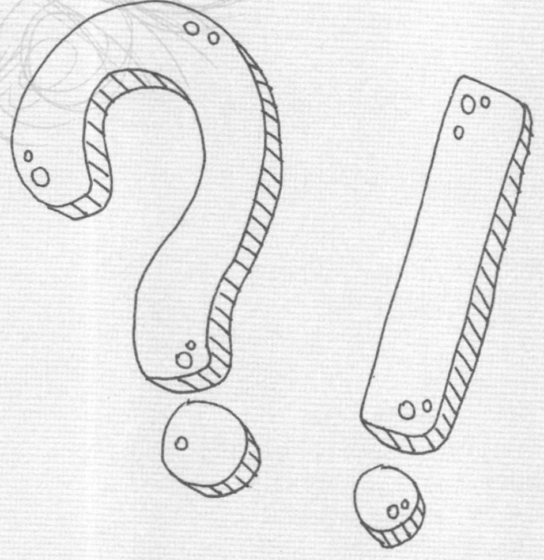

나는 예전부터 내 주변 사람들이 나에 대해 어떻게 생각하는지 궁금했었다. 그래서 나를 오랫동안 보아 왔던 내 주변의 사람들을 순서대로 인터뷰해 보았다. 이 인터뷰를 통해 나는 다른 사람들의 눈에 비친 나의 모습을 알게 되었다.

제일중 2학년 박정은. 1996년 6월 11일 영주에서 태어났다. 혈액형은 B형이고 대구초등학교를 졸업하여 현재 제일중학교에 다니고 있다. 지금 중학교 2학년이라 앞으로 내 미래에 대해 생각도 해보고 있다. 현재 내 꿈은 인문계 고등학교에 들어가서 공부를 열심히 한 뒤 교육대학교를 나와 초등학교 선생님을 하는 것이다.

엄마

정은   나를 가졌을 때 태몽은?

엄마   어떤 정자가 있었는데 그 옆에 커다란 복숭아나무가 있었다. 내가 나무에 열린 복숭아 중 제일 크고 탐스러운 복숭아를 땄다.

정은   내가 지금까지 엄마를 가장 행복하게 한 순간은?

엄마   정은이가 다른 애들보다 늦게 걸었다. 보통 아이들은 9~10개월이 되면 걷는데 정은이는 12개월이 되어서야 걷게 되었다. 그때가 제일 기뻤던 것 같다. 또, 정은이가 처음 유치원 들어가던 해 어버이날에 유치원에서 카네이션을 만들어 집에 와서 엄마 아빠에게 달아줬을 때 기분이 좋았고 기특했다.

정은   내가 지금까지 엄마를 가장 힘들게 한 순간은?

엄마   초등학교 다닐 때는 엄마와 가족들과 함께 보내는 시간이 많았다. 같이 견학도 다니고, 영화도 자주 봤다. 그러나 중학생이 되고 나서는 친구가 언제나 일순위인 것 같다. 주말에도 집에 있지 않고 거의 친구들과 놀러다니며 보내고, 벌써부터 딸을 친구한테 뺏긴 것 같아 서운하고 슬프다.

정은   앞으로 나에게 바라는 것은?

엄마　　어떤 일이든 정은이가 엄마, 아빠와 의논하고 지금보다 더 많은 대화를 할 수 있었으면 좋겠다. 물론 친구들과도 사이좋게 돈독한 관계를 갖길 바라고. 무엇보다 학생의 본분인 공부를 열심히 하고 최선을 다하는 모습을 보고 싶다. 그리고 요즘처럼 험한 세상에, 엄마 걱정시키지 말고 일찍일찍 다녔으면 한다.

내 생각에 정은이는 사춘기를 겪으면서 친구들과 지내는 시간이 더 많아져서 엄마를 서운하게 만드는 것 같다. 그리고 앞으로 조금 더 가족에게 관심을 가지고 함께 있는 시간을 더 늘리면 좋을 것 같다. 그러면 정은이 엄마도 좋아할 것이고 정은이도 행복해 할 것 같다.

아빠 

정은   첫째가 여자애였을 때 기분은?

아빠   솔직히 여자 남자 상관없이 좋았다. 근데 그 전부터 길에서 딸이
아빠에게 애교도 부리고 다정하게 지내는 모습을 보고 딸이었으면 좋겠
다는 생각을 했는데, 아기가 여자아이라는 걸 듣고 기분이 엄청 좋았다.

정은   내가 지금까지 아빠를 가장 힘들게 한 순간은?

아빠   요즘 일을 하던 중 정은이한테 전화를 해 보면 거의 친구들과 놀
고 있다고 한다. 그리고 늦게까지 집에 들어가지 않고 놀고 있어서 나를
걱정하게 만든다. 그리고 주말에 집에 있을 때도 공부는 하지 않고 하루
종일 컴퓨터만 붙잡고 있어서 걱정이다.

정은   지금까지 내가 아빠를 가장 행복하게 한 순간은?

아빠   이때까지 한 번도 아빠 생일이나 엄마 생일에 선물을 준 적이 없었는데 작년 나의 생일 때 동생과 함께 돈을 모아서 케이크와 면도기를 사준 것이 가장 기억이 남고 행복했었다.

정은   앞으로 나에게 바라는 것은?

아빠   너무 늦게까지 놀아서 엄마, 아빠 걱정하게 하지 말고, 집에 있는 동안에도 컴퓨터만 하지 말았으면 좋겠다. 그리고 엄마랑 동생이랑 같이 놀러도 가고 공부도 열심히 했으면 좋겠다. 동생이랑 싸우지도 말고. 무

엇보다 건강 했으면 좋겠다.

동생

정은   이때까지 싸운 것 중 가장 기억에 남는 것은?

동생   싸운 것 중 그렇게 크게 싸운 것은 없어서 기억에 남는 건 없다. 매번 컴퓨터를 더 많이 쓰겠다거나 자기가 보고 싶은 텔레비전 프로그램을 보겠다고 싸운다. 처음엔,

"XX야 비켜라. 나 할 거다."

"아니거든. 꺼져라! 아직 내 시간 안 끝났거든."

이렇게 말로만 싸우다가 점점 격해져서 주먹이 오가면서 싸우게 돼서 앞으로는 별로 안 싸웠으면 좋겠다.

정은   내가 가장 싫었을 때는 언제?

동생   예전에 내가 컴퓨터게임을 다운받았는데 그 게임을 하고 나서 항상 이상한 프로그램이 하나둘씩 생기면서 바이러스를 먹어 컴퓨터가 고장 났다. 그걸 누나가 엄마한테 말해서 엄마가 나를 혼냈는데 그때 너무 짜증났다.

정은   내가 첫째라서 서운했던 일은?

동생   엄마나 아빠가 누나랑 나를 비교할 때가 제일 싫다. 저번에 내가 시험을 잘 못 쳤었는데, 그때 누나는 시험을 잘 쳤을 때였다. 집에 가서 엄마한테 시험지를 보여드렸는데, 엄마가 누나랑 나를 비교하면서 화를 내면서 잔소리를 했었다. 그리고 평소에도 집에서 엄마가 "공부 세포를 누나가 다 가져갔네" 하시면서 잔소리 할 때는 짜증나고 엄마한테 서운하다.

정은이가 동생과 싸우지 말고 앞으로 사이좋게 지내면 좋을 것 같다. 대부분 남매는 어렸을 때 많이 싸웠다가 조금씩 커 가면서 서로 친해지는 경우가 많던데, 정은이도 동생과 많이 친해질 것 같다. 티격태격하던 일이 생각이 나면, 나중에 같이 그 얘기를 하면서 웃을 수 있을 것 같다.

초등학교 동창 김소진, 김지은 

정은   초등학교 때 내가 선생님한테 많이 혼났던 일이나 칭찬받았던 일이 있니?

소진   초등학교 때 일이라서 잘 기억은 나지 않지만 체육시간 때 리본을 가지고 춤을 창작하는 모둠 평가가 있었다. 그때 정은이가 우리 조였는데 춤을 잘 창작해 선생님께 칭찬을 받았다.

지은   그렇게 심하게 혼났던 적은 없었다. 정은이가 혼난 일이 아니라 같이 야단맞은 적이 있다. 5학년 때 친한 애들끼리 같이 교환일기를 썼었는데, 남자애들이 우리 교환일기를 훔쳐보다가 우리에게 걸렸었다. 선생님께 말했는데 선생님이 우리도 혼내시면서 쓰지 말라고 하셨다. "그런 걸 먼저 쓴 너희들도 잘못이 있다”면서 야단을 치셨던 일이 기억난다. 솔직히 그때 왜 우리를 혼내셨는지 이해가 안 된다.

정은　　친구지만 내가 부러웠던 적 있니? 또, 내가 특별히 남보다 잘했던 것이 있었니?

소진, 지은　　초등학교 때에 주말에도 같이 모여서 많이 놀았고, 학교 마치고 남아서 같이 운동장에서 놀았다. 남자애들이 축구를 하고 있으면 같이 축구를 하거나 단상 위에 올라가서 축구 생중계를 했다. 그런데 막상 시험을 쳐보면 정은이는 언제 놀았냐는 듯 나보다 시험 성적이 좋았다.

정은　　너희들이 보기에 내가 유달리 싫어하던 것은?

소진　　무서운 놀이기구 타는 걸 싫어하고 무서워한다. 저번에 친구들끼리 우방랜드에 가서 ‘부메랑’이라는 청룡열차를 타자고 계속 졸랐지만 끝까지 안 탔다. 그리고 지금까지도 놀이동산에 가면 무서운 걸 안 타려고 한다.

지은　　강아지(개)나 고양이 또는 비둘기를 싫어한다. 개가 옆에 있거나 앞에 있으면 무서워서 그 자리에 계속 가만히 서 있는다. 그러다가 개가 조금이라도 짖거나 쫓아오면 소리를 지른다.

정은　　나와 다른 중학교에 배정되었을 때의 기분은 어땠어?

소진　　나는 처음부터 친구들과 다른 중학교를 써서 원서에 냈다. 결과가 나던 날, 정은이뿐 아니라 다른 친구들이랑도 학교가 같지 않았다. 그래서 '누구랑 같이 다녀야 하지?' 하며 막막했고 짜증났다.

지은　　다른 친구들처럼 1지망은 사대부중, 2지망은 제일중을 냈었는데 나만 사대부중이 되었다. '그래도 한 명이라도 같은 중학교 되겠지' 하고 생각했는데, 친한 애들 중 한 명도 같은 중이 되지 않아서 슬펐다. 나도 제일중으로 가고 싶은 마음이었다.

정은　　나와 친구가 되어서 좋았던 것은?

소진　　재미있는 농담을 하거나 우스운 말을 해서 우리를 즐겁게 해 준다. 그리고 다른 친구들 뒷담을 같이 깔 수 있는 게 좋다.

지은　　우스운 행동이나 말로 재밌게 해 주고 초등학교 1학년 때부터 친하게 지내서 마음이 잘 맞다.

친구 이유진

정은   나는 너랑 4학년, 5학년 때 같은 반이었는데 별로 기억나는 일이 없어. 혹시 너는 있니?

유진   너랑 가연이, 내가 한창 교환일기를 많이 쓸 때, 우리가 교환일기에 좋아하는 사람을 적어 놨었다. 우리만 보는 교환일기니까 비밀스런 고백도 했던 것인데, 남자애들이 봐서 선생님한테 일렀었다. 근데 선생님이 그 남자애들도 혼냈지만, 우리보고도 교환일기를 쓰지 말라고 했을 때가 기억이 남는다.

정은   내가 자라서 어떤 직업을 하면 어울릴 것 같아?

유진   의사. 안경을 껴서 뭔가 모르게 공부를 잘하는 느낌이 난다. 사

실 공부도 잘 하지만……. 환자들한테
짜증만 안 낸다면 똑똑한 머리로 의사
를 하면 좋을 것 같다.

정은   '박정은' 하면 연상되는 색깔
은? 그 이유는 무엇인가?

유진   빨간색, 짜증을 많이 내고, 말
도 많고, 활발하고, 너무 촐싹거려서
빨간색이 연상된다.

정은   "이건 좀 고쳐줬으면 해" 하는 것은?

유진   열심히 고데기를 했는데 머리가 뒤집혔을 때, 음식을 먹다가 옷
에 묻었을 때, 그리고 남자애들한테 세게 맞았을 때, 놀고 싶은데 돈이 없
을 때, 사고 싶은 게 있는데 못 살 때, 추울 때 말고 더울 때 등등 너무나
많은 경우에 짜증을 낸다. 계속 옆에서 혼잣말로 "짜증 나, 짜증 나" 하면
서 투정을 부리는 것을 고쳤으면 한다. 남들 같으면 속으로 생각하고 말
일도 일일이 자기 짜증 났다고 표현을 한다. 너무 짜증만 내지 말고 긍정
적으로 생각했으면 좋겠다. 그리고 귀여운 것 알겠으니깐 귀여운 척 좀
그만했으면 좋겠다.

정은   앞으로 나랑 다른 친구들과 하고 싶은 일이 있다면?

유진   우리 둘만이 아니라도 딴 친구들과 같이 독립해서 같이 살아보고 싶다. 룸메이트가 되는 거다. 우리는 서로의 집에서 많이 자기도 했지만, 생활을 같이 해 본 적은 없기 때문에 룸메이트를 해 보면 볼 것 안 볼 것 다 볼 수 있고, 심심하지도 않을 것이다. 고민도 바로바로 얘기할 수 있고 서로 자기가 잘하는 음식들을 해 줄 수 있으니까 맛있는 음식들도 많이 먹을 수 있을 것 같다.

그리고 고등학교 진학해서 서로 다른 학교를 가더라도 만나서 같이 놀고, 안 싸우고, 앞으로도 이렇게 지내면 좋겠다.

정은이는 친구 중에 제일 오랫동안 지냈던 친구가 유진인 것 같다. 유진이가 정은이한테 짜증 좀 그만 내라고 했는데 정은이는 이 인터뷰를 계기로 짜증을 내는 것을 줄일 것 같다. 그리고 유진이 말대로 정은이가 친구들이랑 룸메이트를 할 수 있게 되면 좋을 것 같다.

또 다른 친구 이유진 ♪

정은   나의 첫 인상은 어땠어?

유진   나는 남자애들처럼 머리가 짧았는데 정은이는 머리가 길고 파마를 해서 여성스러워 보였고 부러웠다. 당시에는 빨간 테의 안경을 꼈는데 잘 어울렸지만 좀 차가워 보였고, 눈이 큰 것도 부러웠는데 좀 째려보는 듯한 느낌이었다.

정은   중학교에서 올라와서 나를 봤을 때 느낌은 어땠어?

유진   길던 머리를 잘라서 못 알아봤다. 나중에서야 알아봤는데, 나랑 키가 비슷했다. 인사를 해야 되나 말아야 되나 고민했는데 정은이가 먼저 인사를 해 줘서 좀 놀랐다. 그리고 초등학교 때와 분위기가 뭔가 모르게 바뀌었다는 생각이 많이 들었다.

정은   나의 장점은 무엇인 것 같아?

유진   나와 성격을 비교하자면 정은

이는 굉장히 활발하고 밝다. 나는 남

의 눈치를 많이 보는 편인데 정은이는

그렇지 않다. 하고 싶은 일은 서슴없

이 해 버리고, 하고 싶은 말이 있으면

당당히 말하는 친구이다. 항상 환하고

밝게 웃는 정은이가 부러울 때도 있다. 밝아서 그런지 친구들을 재밌게

해 주는 능력도 있다. 그리고 놀면서도 공부 잘 하는 것도 정은이의 장점

인 것 같다.

정은   나의 단점은 무엇인 것 같아?

유진   정은이는 다 좋은데 하나만 고쳤으면 하는 것이 있다. 입버릇처

럼 자꾸 짜증 난다고 하는 것을 고쳤으면 좋겠다. 정은이 최고의 단점인

것 같다. 같이 놀 때도 자꾸 짜증 난다고 말해서 기분이 좋을 때도 자꾸

들으면 나도 짜증이 나게 된다. 이거 하나만 단점인 것 같다.

정은   나한테 어울릴 것 같은 이성은 어떤 사람일까? 주변에서 찾기 힘

들면 연예인이나 드라마 속 주인공도 괜찮아.

유진　　정은이는 김종국이랑 잘 어울릴 것 같다. 정은이의 활발한 성격과 웃음 많은 성격에 착하고 순종적인 성격의 김종국이 가장 잘 어울릴 것 같다. 너무너무 잘 어울리는 것 같다. 정은아, >ο< 김종국 같은 사람 만나~.

> 유진이는 중학교에 와서 친해졌지만 정은이에 대해 나름대로 잘 알고 있는 친구인 것 같다. 그리고 정은이도 유진이가 받은 자신의 첫인상에 '아……, 내 첫인상이 정말 그랬나?'라고 생각하면서 웃을 것 같다.

친구 최혜원 

정은   내가 화를 많이 내는 경우는?

혜원   애들이 너의 장난을 안 받아줄 때, 무안하고 당황해서 자신도 모르게 화를 낸다. 예를 들면, 네가 귀여운 척을 할 때 두 팔을 휘저으면서 "쫑은이 귀엽찡?" 하거나 볼에 바람을 넣고 "우웅웅"거리는데 애들이 봐주지 않거나 무시하고 일부러 딴청을 부릴 때 화를 낸다.

정은   나를 보고 의외라고 느낀 점은?

혜원   처음엔 좀 대하기 어려운 아이 같았다. 화를 잘 낼 듯 보이기도 했다. 그런데 웃긴 장난도 잘 쳐서 의외였다. 〈박수쳐〉를 개사해서 '곱등이송'을 만들어 불렀다. "곱등이~ 곱등이~ 이제 연가시가 나올 차례 3

초 뒤에~ 연가시~ 연가시~ 이제부터 시작이야. 곱등이 연가시 에에에

에" 하면서 미친 듯이 춤을 추고, 반 친구들에게 '엄마', '아빠'라고 부르

며 귀여운 척하는 엽기적인 면이 많아서 정말 의외였다.

정은   내가 자주 하는 말은 뭐지? 그리고 그 말을 들을 때 느낌은?

혜원   "깜찍이 쫑은이, 에용." 그 말을 들을 때. 스스로를 보고 귀엽다

고 아부를 해서 어이가 없고, 저절로 정색하게 된다.

정은   수업시간에 나는 어떤 학생?

혜원   선생님이 어려운 문제를 발표시키실 때는 정은이는 어디 갔나

싶게 조용히 있고, 상식적인 문제는 자기가 먼저 발표하려고 욕심을 낸

다. 선생님에 따라서 성격이 달라진다. 학생부장 선생님 수업시간에는

무서워서 가만히 있고, 안 무서운 선생님 수업시간에는 맨날 귀여운 척을 하면서 웃고 떠든다.

정은   내가 가장 즐거워 보일 때는?

혜원   쉬는 시간에 귀여운 척을 하면서 일부러 웃기게 해서 남자애들한테 맞을 때 가장 즐거워 보인다.

정은   마지막으로 나한테 해주고 싶은 말은?

혜원   사소한 걸로 짜증 내지 말고. 너의 날이 있을 거야. 타로점을 봤을 때 10월에 남자친구가 생긴다고 했잖아? 10월이 2주 남았다. ^—^ 얼른 좋은 남자 찾아. 난 성현이가 있어서 외롭지가 않어잉. 또, 중간고사 성적이 떨어졌다고는 하지만 넌 공부를 잘해서 점수가 잘 안 나와도 평균보다는 잘 나오니까 걱정하지 마.

혜원이는 정은이와 같은 반 친구라 현재 정은이를 제일 가장 많이 알고 있는 것 같다. 쉬는 시간이나 체육시간, 수업시간에 정은이를 많이 보기 때문이다. 그리고 정은이도 혜원이와의 인터뷰를 통해 자신이 어떤 아이인지 다시 되돌아보는 계기가 됐을 것 같다.

1학년 때 담임선생님

정은　제 첫인상은 어땠나요?

선생님　빨간 안경을 낀 다부진 인상의 정은이는 아주 당차 보였다. 근데 자기 속을 잘 안 드러내는 성격인 것 같았다. 3월에는 청소 검사를 하러 교실에 가면, 방금 전까지 친구들과 깔깔깔 웃다가도 빗자루질에 몰두하는 척하는데 '아, 쟤는 속에 뭐가 들어있는지 잘 모르겠다' 싶었다.

정은　수업시간에 나는 어떤 학생이죠?

선생님　대체로 경청을 하는 편인데 겉모습과 달리 발표를 잘 안 한다. 그래서 1학년 때는 처음에 공부 못 하는 줄 알았다. 시험을 치니까 성적이 좋아서 수업시간에 태도가 좋은 것을 알았다. 게다가 다부지게 할 말은 하는 성격으로 보여서 수업 태도가 나쁜 학생과도 부담 없이 짝을 지어주었었다. 요즘엔 수업시간에 잡담을 좀 한다. 자리가 뒷자리라서 그런가?

정은　　1학년 때에 담임선생님을 하시면서 저에 대해 가장 기억 나는 일은요?

선생님　　점점 성적이 올랐고 점점 눈동자에 빛이 났다. 그리고 내가 지도교사인 동아리에 소속돼 있었는데, 선배들이 1학년 중에 제일 신뢰했었다. 나도 동아리에서 정은이가 역할을 좀 해주기를 바랬었는데, 다른 사람 눈에도 그렇게 다부지게 보였구나 싶어서 흡족했다.

그런데 별로 학교에서 문제를 일으키거나 벌을 서거나 한 적이 없어서 개인적으로 얘기를 못 해 본 것 같다. 친구들하고는 아주 잘 어울리는데 선생님한테는 곁을 안 줘 별로 가까이 다가오지 않았다. 그래서 개인적인 얘기를 별로 못 해 봐서 아쉽다.

중학교에 올라와서 처음 접한 선생님이라서 정은이 학교 생활에 많은 도움을 주셨던 선생님이신 것 같다. 그리고 선생님이 진솔하게 대답을 해주셔서 정은이도 '선생님께서 나에 대해 이렇게 생각하고 계셨구나……'라고 생각했을 것 같다. 그리고 1학년 담임선생님과 인터뷰를 하면서 1학년 때를 기억했을 것 같다.

추억의 일기장

글 이유진

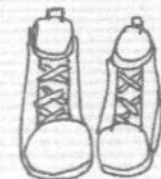

제일중학교 이유진. 1997년 1월 6일 대구에서 태어났다. 꿈은 어릴 때부터 수백 번 바뀌고 바뀌었지만 지금의 나의 꿈은 간호사이다. 엄마도 오빠도 간호사를 하려면 정말 열심히 노력해야 한단다. 예전에 현모양처를 꿈꾸기도 했지만 지금은 확실히 간호사를 하고 싶다. 더 자세히 말하자면 간호사가 되어 멋진 남편을 얻어서 아기도 낳고, 평범하고 행복하게 사는 게 꿈이다. 지금부터 앞으로 계속 내 꿈이 이루어질 때까지 열심히 노력하고 또 노력할 것이다.

2010. 1. 6. 특별한 열다섯 번째 생일

오늘은 나의 열다섯 번째 생일이다. 난 아침에 일어나서 씻지도 않고, 부스스한 머리로 엄마가 해준 미역국과 밥을 먹고 내 방에서 이불을 덮어쓰고 텔레비전을 보고 있었다.

우리집은 이층집이라서 누가 계단으로 올라오면 삐그덕거리는 소리가 들린다. 분명히 아침에는 이층을 올라올 사람이 없는데 삐그덕 소리가 들렸다. 한두 명이 올라오는 소리가 아니었다. 그 사람들이 계단을 올라와서는 수군거리는 것 같았다. 조금 무섭기도 했고 호기심도 생겼다.

나는 그대로 이불을 덮어쓴 채로 눈만 내놓고 문을 보고 있었다. 갑자기 내 친구들이 케이크를 들고 고깔모자를 쓰고, 폭죽을 터뜨리면서 내

방으로 들어왔다. 정은이, 지은이, 소진이, 가연이였다.

나는 정말 놀랐다. 상상도 못했기 때문에 처음에 봤을 때 기쁘기보다 놀라고 신기했다. 친구들은 나한테 모자를 씌우고 케이크에 촛불을 켜고, 생일노래를 불러주었다. 그제서야 난 친구들이 너무 고마웠다. 친구들은 검은색 도화지에 흰색 펜으로 몇 문장씩 편지를 써서 주었다.

친구들한테 표현은 못했지만 정말 고마웠다. 우리 엄마가 나보고 친구들을 잘 뒀다면서 웃었다. 난 후다닥 씻고 엄마한테 돈을 받아서 아이들과 시내에 있는 뉴욕피자에 가서 피자를 사주었다. 친구들이랑 피자를 먹고 시내에서 놀다가 헤어졌다.

이번 생일에는 가족들이랑 밥만 같이 먹는 걸로 축하의식을 끝내려고 했는데 친구들이 이렇게 내 생일을 챙겨줄 거라고는 생각도 못했다. 친구들이 크고 비싼 선물을 준 것도 아니지만 돈을 모아서 케이크를 사고, 내 생일을 챙겨줬다는 게 너무 고마웠다. 나의 열다섯 번째 생일은 아주 오래 기억에 남을 것 같다.

2009. 3. 2. 중학교 입학하다! 

아……, 드디어 나도 중학생이 되었다. 정말 졸업식을 할 때까지만 해도 내가 중학생이 된다는 게 실감이 나지 않았는데, 오늘 제일중학교에서 입학식을 하니 드디어 실감이 났다.

우리 초등학교 애들도 많았지만 다른 초 애들도 많았기 때문에 어색하고 낯설었다. 교장선생님도 교감선생님도 다른 선생님들도 다 새롭기만 하고 어색했다. 중학교 올라오면서 초등학교 친구들 중에 같이 못 오고, 다른 중으로 간 애들도 있었다. 그래도 몇몇은 같이 제일중으로 왔기 때문에 다행이라고 생각했다.

나는 1학년 3반으로 배정을 받았다. 우리 반에는 우리 초 여자애들은 별로 없었지만 남자애들의 반 이상이 우리 초 남자애들이었다. 그래서 남자애들은 거의 다 눈에 익었지만 여자애들은 조금 낯설었다. 우리 반 담임선생님은 최화경 선생님이다. 키는 좀 작으시고 안경을 끼셨고 진한 자주색 반코트를 입고 계셨다. 그리고 담당 과목은 수학이라고 하셨다.

우리는 반을 배정 받아 교실로 가서 선생님의 말씀을 듣고, 교과서를 받아 집으로 갔다. 무거운 교과서들을 안고 집으로 가는 길에 정말 이제 중학생인 걸 실감했다. 선생님들도, 학교 아이들도, 학교 안의 시설도 어색하겠지만 다 곧 익숙해질 것 같다.

아! 초등학교와는 달리 중학교에는 벌점도 있다고 한다. 걱정이 많이 되기는 한다. 이제부터의 중학교 생활이 조금 걱정도 되지만 기대는 많이 하고 있다. 그래도 이제 중학생이니깐 철도 좀 들고 3년 동안 열심히 다녀야겠다!

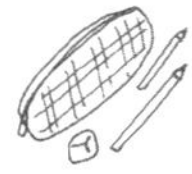

　　오늘은 초등학교 마지막 시험이자 6학년 마지막 시험을 치는 날이다. 사실 2학기 중간고사를 망쳐서…… 이번 기말고사는 잘 치고 싶었다. 하지만 난 공부를 하나도 안 했다. 조금 걱정이 됐지만 그냥 마음 편하게 치기로 했다. 솔직히 요즘 들어 내가 공부를 많이 안 하고 있다는 걸 느꼈다. 2학기가 되고 나서 졸업한다고 앨범 사진도 찍고, 애들끼리 중학교를 어디 갈지 얘기도 하고, 중학교에 대해 고민이 많고 걱정도 많아서 공부를 안 한 것 같다.

　　핑계일 수도 있지만 난 중학교 올라간다는 게 실감이 안 나서 생각을 많이 하고 고민도 많다. 걱정거리들도 있지만 중학교를 올라가면 교복도

입고, 익숙한 우리 초등학교 아이들이 아닌 다른 초에서 온 애들과 함께
수업을 듣는 게 재미있을 것 같아서 기대도 많이 했다. 그냥 이런저런 생
각 때문에 시험공부를 안 한 것 같다.

아침에 엄마한테는 잘 치겠다며 당당하게 나왔지만, 막상 시험시간이
다가오자 긴장되었다. 1교시는 국어였다. 국어는 무난하게 친 거 같았
다. 하지만…… 그 뒤에 본 과목들은 3분의 2를 다 찍었다…….

시험지를 들고 집에 가는 길에 애들이랑 맞추어 본 결과는 정말 한숨
밖에 안 나왔다. 시험 못 친 건 내 잘못이지만, 너무 화가 나서 시험지를
구겨서 던져버렸다. 조금 있으면 중학교 올라가야 되는데, 내가 너무 한
심했다.

2007. 6. 13. 교환일기 

우린 요즘에 교환일기를 쓰는 데 푹 빠져있다. 난 정은이랑 가연이랑 교환일기를 쓰고 있다. 우리는 시내를 돌아다니다가 팬시점에 가서 예쁜 다이어리를 사서 교환일기를 쓰곤 했다. 이번에도 그렇게 교환일기를 쓰게 되었다.

우리는 첫 장에 예전부터 조금씩 마음이 있었던 남자애 이름을 적기로 하였다. 그야말로 정말 큰 비밀이 아닐 수가 없었다!

근데 우리 셋은 다 같은 반이라서 교환일기를 받으면 쉬는 시간이나 자습시간에 쓰고, 책상 서랍에 넣어놓곤 했다. 그러다가…… 일이 터진 것이다. 남자애들이 우리가 책상 서랍에 교환일기를 넣어 두는 걸 본 것인지, 우리가 없을 때 몰래 꺼내서 본 것이다. 그 남자애들은 김준희와 조용준이었다. 정말 화가 나고 짜증이 났다. 나뿐만 아니라 정은이랑 가연이도 정말 짜증이 났다. 그래서 우리가 교환일기를 들이대며 김준희와 조용준에게 "니들 이거 봤냐"고 막 따졌다. 처음에는 부정을 하더니 좀 있으니 웃으면서 봤다고 하는 것이다. 정말 화가 났다.

그래서 우린 수업시간에 선생님께 말하기로 했다. 근데…… 우리가 선생님한테 얘기를 했는데 선생님이 김준희와 조용준을 혼내긴 했지만 우리도 혼냈다. 선생님이 우리보고 교환일기를 쓴 너희들도 잘못이 있다고 하셨다. 정말 김준희도 밉고, 조용준도 밉고, 선생님도 미웠다. 그래서 우리는 이제부터 교환일기를 안 쓸 것이다.

2006. 4. 14. 일기 스티커

　나는 4학년 1반이다. 우리 반은 매일 일기를 쓴다. 우리 선생님께서 교실 뒤 게시판에 일기를 쓰면 달마다 하루하루의 날짜에 번호 순대로 애들 이름 위로 스티커를 붙일 수 있는 칸을 만들어 놓으셨다. 그러면 일기를 써온 날은 선생님한테 검사를 맡고 스티커를 받아서 그날의 날짜, 자기 이름 위에 스티커를 붙인다. 한 달 동안 매일 일기를 써서, 스티커를 다 채우게 되면 선생님이 한 달이 끝날 때쯤에 선물을 준다.

　나도 그렇게 성실한 아이가 아니기 때문에 일기를 매일 써 오지는 않는다. 몇몇 애들 빼고는 나처럼 일기를 매일 써 오지는 않는다. 근데 나보다도 일기를 자주 안 써오는 애들이 있다. 아니 많다. 근데도 선생님

몰래 스티커를 붙여 놓는다. 그런 걸 보면서 선생님한테 말해야지, 말해야지 하지만 잊어먹고 말을 못하게 된다. 그리고 솔직히 선생님한테 말을 하면 선생님이 애들 앞에서 내가 말했다고 할 것 같아서 말을 쉽게 못하겠다. 난 일기를 쓰고 온 날, 안 쓰고 온 날을 구별해서 붙이는데 딴 애들은 써 오지도 않아 놓고선 스티커를 붙이는 게 너무 짜증났다. 그래서 딴 애들도 다 하는데 나도 못할 게 뭐냐는 생각으로 나도 한번씩 안 써 와도 스티커를 붙였다

근데 역시 선생님은 선생님인가 보다. 선생님이 눈치를 채시고 우리 반 애들에게 조금 무섭게, 일기를 안 써 왔으면서 스티커를 붙이는 사람들은 앞으로라도 안 써온 날은 스티커를 붙이지 말라고 하셨다. 나도 순간 뜨끔해서 앞으로는 안 해야겠다고 마음먹었다. 그리고 애들이 다 한다고 해서 같이 한 내가 좀 부끄럽기도 하고 선생님께 미안하기도 했다.

2005. 9. 3. 휴대폰이 생긴 날 

　요즘 들어 애들이 휴대폰을 많이 가지고 다닌다. 아직까진 휴대폰을 들고 다니기엔 어린 나이지만 내 친구들도, 딴 애들도 휴대폰을 많이 들고 다닌다. 처음에는 '우와 진짜 신기하다' '예쁘다' 이런 생각이었는데, 애들이 휴대폰을 들고 다니며 엄마한테 전화도 하고, 친구들에게 전화 오는 걸 받는 모습들을 보니까 너무 부러웠다.

　그래서 엄마한테 아주 조심스럽게 얘기를 꺼내보았다. 근데……! 절대 안 된다고 하실 줄 알았는데 정말 의외로 좀더 생각을 해 보신다고 했다. 기분이 너무 좋았다. 엄마의 의외의 반응에 더욱 욕심이 나서 졸랐다.

　"아! 애들 다 들고 다닌단 말이야. 나만 안 가지고 있어서 쪽팔려!"

라고 했더니 엄마가 아무 말이 없다가 알았다고 했다. 난 너무나 좋아서 엄마를 끌어안으면서 고맙다고 했다. 내가 빨리 사러 가자고 했다.

엄마랑 휴대폰가게에 폰을 보러 갔다. 휴대폰가게에 들어가니까 폰이 정말 많았다. 내 친구들은 거의 슬라이드를 쓰고 있어서 나도 슬라이드 폰을 사고 싶었다. 근데 그 휴대폰가게에서는 폴더를 보여줬다. 보여준 폰은 보아가 선전한 거의 정사각형 모양에 문자가 오면 문자 내용을 읽어주는 폰이었다. 이상하지는 않았지만 난 슬라이드를 사고 싶어서 조금 망설였다. 근데 그 휴대폰가게 아저씨도 엄마도 이게 귀엽고 이쁘다고 해서 얇은 귀 때문에 이 휴대폰으로 한다고 했다. 그렇게 새 휴대폰을 들고 집으로 가는데, 기분이 너무 좋아서 집에 가는 길 내내 웃으면서 갔다. 그리고 계속 엄마한테 고맙다고 했다. 내일 애들한테 자랑을 할 생각에 너무 기뻤다.

2004. 11. 23. 안경을 처음 낀 날

오늘은 학교에서 시력검사를 하는 날이다. 애들과 함께 선생님의 지시에 따라 어느 교실에 갔다. 그 교실에 들어가니 칸막이 너머 시력검사표가 있었고 보건선생님이 계셨다. 번호순대로 줄을 서서 앉아 있었다. 우리 반은 1반이라서 제일 먼저 했다.

난 앞에 애들이 하는 걸 지켜보다가 내 번호 차례가 되어서 시력검사표 앞에 있는 선에 섰다. 그리고 숟가락 같은 걸로 왼쪽 눈 가리고 오른쪽 눈을 가리고 했다. 보건선생님은 바로 시력을 말해 주셨다. 한쪽은 0.7이고, 한쪽은 0.4라고 하셨다. 예전보다 시력이 많이 나빠졌다. 원래 안경도 안 꼈었는데, 옆에 계셨던 우리 반 선생님이 나보고 안경을 끼라고 했다.

난 그냥 어리둥절하게 그 소리를 듣고 집에 가서 엄마한테 얘기했다. 엄마도 내 얘기를 듣고는 아무렇지 않게 "아, 그럼 안경 맞추러 가자"라고 하셨다.

그래서 나는 아무 생각 없이 엄마랑 메트로안경점에 가서 다시 시력검사를 하고, 안경을 골랐다. 여러 가지 안경을 껴 보다가 분홍색의 동그란 철안경을 골랐다. 그렇게 마음에 들지는 않았다. 난 안경을 낀다는 자체가 기대가 되고 설레었다. 그래서 엄마한테 이걸로 하자고 하고, 알을 맞추어 끼고 집에 왔다.

아직까진 거울을 보면 어색하고 그렇지만 내가 안경을 끼고 있다는 게 신기할 따름이었다.

2003. 6. 18. 채림이와 소연이와 

난 소연이와 채림이와 학교 마치고 자주 어울려 논다. 같은 1학년 2반이고 자리도 내 뒤에 소연이, 소연이 뒤에 채림이 이렇게 앉는다. 그리고 혈액형도 우리 셋 다 O형이다.

오늘도 우리는 학교를 마치고 우리집에 와서 놀았다. 집에 와서 주니어 네이버에 들어가서 옷 입히기를 하면서 놀고 있었다. 우리집은 이층집인데, 일층은 식당이고 이층은 집이다. 우리 엄마가 밑에서 배고프지

않냐고 친구들이랑 맛있는 걸 사 먹으러 가라고 했다.

엄마한테 돈을 받아서 소연이와 채림이와 우리집에서 1분 거리인 동양슈퍼에 갔다. 솔직히 엄마가 친구들이랑 놀 때마다 돈 주면서 뭐 사 먹으라고 하는 게 좀 싫었다. 엄마가 돈을 자주 쓰는 게 싫었다. 그래서 오늘도 기분이 좋지는 않았다.

나는 칸쵸를 먹고 채림와 소연이는 각자 자기 먹고 싶은 것을 골랐다. 계산을 하고 나왔는데 채림이랑 소연이가 나보고 칸쵸를 하나만 달라고 하는 것이었다. 그래서 나는 하나씩 주었다. 근데 또 달라고 하는 것이었다. 별로 주기 싫었지만 싫다고 하면 기분이 나쁠까 봐 그냥 줬다. 근데 자꾸 맛있다고 하면서 달라고 눈치를 주는 것 같았다.

안 그래도 엄마 돈을 쓰는 것 때문에 기분이 나빴는데 내 칸쵸까지 뺏어 먹으니깐 소연이와 채림이가 미워 보였다. 그래서 집에 가자마자 놀기 싫다고 그만 놀자고 하고, 소연이와 채림이를 집에 보냈다. 앞으로는 우리집에서 자주 놀면 안 되겠다는 생각을 했다.

2003. 12. 19. 눈 위의 흉터 

　　오늘은 엄마 친구가 우리집에 놀러오는 날이다. 엄마 친구들은 우리집에 자주 놀러오고는 한다. 오셔서 부엌에 앉아서 수다를 떨면서 술도 한 잔씩 하고 엄마가 차린 음식도 드신다.

　　나는 노래를 부르면서 춤추는 걸 참 좋아해서 엄마 친구들이나 친척들이 오면 앞에서 춤추고 노래하는 걸 좋아한다. 오늘도 기분이 좋아서 엄마와 엄마 친구들 옆에서 노래를 부르고 춤을 추고 있었다. 신나게 정신없이 노래를 부르다가 부엌 바닥에 물이 있는지 모르고 열심히 흔들었다. 그러다가 그만 쭈욱 미끄러져서 상모서리에 왼쪽 눈 위를 찍혔고, 눈두덩이가 찢어졌다.

난 너무 갑작스럽게 일어난 일이라서 기억이 잘 안 나지만 엄마가 날 업고 우리집 바로 옆에 있는 적십자병원 응급실로 갔다. 마취를 했는지 안 했는지 기억은 잘 안 나지만 도착하자마자 바로 누워서 꼬맸던 거 같다. 난 울면서 두 주먹을 꽉 쥐고, 눈을 꼬옥 감고 있었다. 그러고 난 잠이 들었다.

깨어 보니 집이었고 왼쪽 눈 위에는 헝겊이 덮여 있었다. 많이 아프지는 않았지만 너무 놀랐다. 앞으로는 까불면서 노래 부르고 춤추고는 못할 것 같다.

1997. 1. 6. 탄생 

나는 1997년 1월 6일 저녁 6시경 대구 파티마병원에서 태어났다. 우리 엄마는 서른여덟에 날 가지셨고, 노산이라 재왕절개 수술을 받으셨다.

내가 태어났을 때는 첫째인 언니는 열여섯 살이었고, 둘째인 오빠는 열네 살이었다. 나는 막내에다가 늦둥이었다.

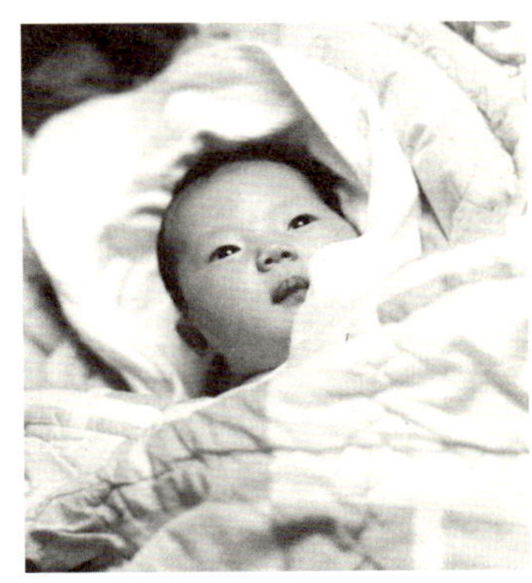

우리 엄마가 있던 병실에는 모두 여덟 명의 산모들이 있었다. 그 중에서 우리 엄마가 제일 노산이었음에도 불구하고 내가 제일 정상 체중에 건강하

게 태어났다고 한다. 다른 산모들의 애기들은 인큐베이터에 들어갔다고 한다. 바로 옆 침상에 있던 산모는 두 번째 출산인데, 아기가 죽었다. 첫째도 죽었다고 해서 모두들 매우 슬퍼했다. 엄마가 같이 울었다고 한다.

엄마는 나를 낳으시기 전에도, 낳고 난 후에도 아빠와 함께 식당을 운영하셨기 때문에 나는 주로 할머니와 함께 있었다고 한다. 엄마와 아빠와 함께 있었던 기억은 많이 없었지만 사진을 보면 엄마와 아빠와 찍은 사진이 많다. 내 유년 시절은 아무 문제 없이 잘 보낸 것 같다.

나의 사진 일기

글·사진 홍지연

홍지연은? 제일중학교 2학년. 글쓰기만큼 좋아하는 것이 사진 찍는 것이다. 포토그래퍼가 되고 싶은 막연한 꿈도 꾼다. 친한 친구들의 사진을 찍고 그 친구에 대해 적고 싶었는데 쉬운 일은 아니었다. 책쓰기를 통해 하고 싶은 일이 생겼다. 글이 쓰고 싶어졌다.

한일 극장

　　내가 극장에서 처음으로 본 영화는 〈하울의 움직이는 성〉이었다. 아홉 살 때였다. 〈센과 치히로의 행방불명〉을 만화책으로 읽었는데 재미있었다. 같은 감독이 만든 영화여서 후속편인 줄 알았다. 텔레비전 광고를 보고 엄마한테 가자고 졸라서 엄마가 극장에 데려다 주셨다.

　　극장에 들어가니 광고가 이미 시작되어 있었다. 엄마가 휴대폰 폴더를 열

어 자리를 찾았는데 영화가 시작되고 몇 분 후에 어떤 사람들이 자기들 자리라고 했다. 우린 자리를 비켜주고 다시 휴대폰 빛으로 자리를 찾아야했다. 그리고 영화를 봤다.

집에서 볼 때와는 비교할 수 없을 만큼 큰 화면과 온몸에 전해지던 소리의 진동은 매우 놀라웠다. 영화가 기대만큼 재밌었다. 소피가 일하는 모자가게에 손님인, 흉측하게 생긴 아줌마의 마법에 걸려 소피는 할머니가 되었다. 소피가 쭈글쭈글하게 변한 자신의 손을 발견하고 거울 속에 비친 할머니가 된 모습에 놀라는 장면이 인상 깊었다. 영화관에서 보니 더 실감났던 것 같다.

그 이후로도 엄마와 함께 〈괴물〉, 〈해리포터와 불의 잔〉 등을 보았다. 다른 영화관도 많았는데 엄마는 항상 한일극장에 가자고 하셨다. 지금은 아카데미극장도 없어졌고, 가 보진 않았지만 중앙시네마도 문을 닫았다. 어쩌면 CGV와 롯데시네마 같은 복합상영관 때문에 추억 속의 극장들은 사라질지도 모른다. 한일극장이 없어지면 많이 서운할 것 같다.

대성 초등학교

1학년 때 전학 와서 6학년 때까지 다녔던 학교이다. 쉬는 시간 10분, 그 짧은 시간마다 복도에서 장난을 치며 놀았다. 그 중 가장 기억에 남는 것은 6학년 때 친구들과 드라마 〈뉴하트〉의 똥침, 똥킥을 따라 하는 것이다.

똥침은 친구의 엉덩이 중간을 손가락으로 찌르는 것이다. 심하게 찌르거나 너무 깊숙이 찌르면 정말 아프다. 한번은 내가 너무 깊숙이 찔러서 내 친구는 엉덩이에서

피까지 났다. 그래서 그때부터 나도 똥침을 자제하거나 살살 찔렀다.

똥킥은 친구의 엉덩이에 니킥을 날리는 것이다. 강도가 약하면 안 아픈데 세게 하면 꼬리뼈가 날아가는 느낌이다. 가끔 힘 조절을 못 해서 세게 때리면 친구가 울 때도 있었다.

또 다른 〈뉴하트〉 따라 하기 놀이가 있다. 환자 역을 맡은 친구를 눕혀 놓고 의사 역을 맡은 나는 "브이텍이에요!"를 외치며 환자 역을 맡은 친구의 심장 쪽을 심폐소생술을 하는 것처럼 일정한 간격으로 눌러주는 놀이이다. 환자 역을 맡은 친구가 정신을 못 차리면 가끔 슬리퍼를 벗어 두 손에 끼우고 비벼 석선을 했다. 가끔 수술 장면도 따라 했다. 환자 역을 맡은 친구와 의사 역을 맡은 나는 명연기를 펼쳤다. 지금 생각해도 또 하고 싶다.

우방아파트 놀이터

우리집에서 멀리 떨어진 우방아파트의 놀이터, 초등학교 3학년때 친구들과 같이 걸어서 이곳에 와서 놀았다

친구랑 멀리 떨어진 우방아파트에 온 이유는 뺑뺑이 때문이었다. 더워도 추워도 이 놀이터에 왔다. 뺑뺑이는 아무 곳에나 있는 게 아니다. 특별한 놀이터에만 있다. 바깥 봉을 잡고 마구 달려서 발을 떼면 몸이 날아오른다. 바람을 가로질러 나는 기분이란 쩐다. 태극기가 펄럭거리는 듯이 내 다리도 펄럭거리는데 그 느낌이 너무 좋다. 허공에서 발을 휘젓는 기분이란 신기하다. 하지만 3, 4초 지나면 발이 땅에 닿는다.

놀고 나면 손바닥에 철 냄새가 나고 손이 더러워져 있다. 그래도 나는 허공에서 나는 느낌 때문에 뺑뺑이 타기를 포기할 수가 없었다. 5학년 될 때까지는 부지런히 이 놀이터에 왔던 것 같다. 아마 그 이후로는 더 시설이 좋은 놀이터를 발견해서 그리로 갔던 것 같다.

지금은 물론 뺑뺑이를 타지 않는다. 집에서도 멀다. 예전에도 멀었지만 지금은 이사 가서 더 멀다. 그리고 갈 시간도 없다. 게다가 혼자 가서 혼자 돌리며 탈 수도 없다. 여럿이 간다고 해도 이제는 몸무게가 많이 나가서 함께 타기 어렵다. 사진 찍으러 갔을 때 뺑뺑이를 보고 옛 생각이 떠올랐다. 봉을 잡으니 초등학교 3학년 때보다 키가 훌쩍 큰 것도 느껴졌다. 친구들이랑 여기서 놀았던 게 생생한데 벌써 5년이 지났다니 시간이 참 빠른 것 같다고 느꼈다.

앉아서 그네를 타면서 처음으로 붕 날았던 곳이다. 어느날 옆에 친구가 그네를 타다가 붕 뛰어 날고 있길래 나도 해보고 싶었다. 낮은 높이에서 뛰어내리다가 차차 높이를 올려 그네에서 날아 보았다. 친구랑 누가 더 멀리 날아가나 내기도 했다.

때로는 그네에 앉아서 라면을 부셔 먹기도 했다. 라면 스프를 과다 섭취할 경우 혀가 마비될 정도로 매울 때도 있었다. 그럴 때마다 혀를 내민

채로 그네를 탔다. 그럼 좀 매운 느낌이 가라앉아 괜찮아진다.

세 개의 그네 중 가운데 그네가 가장 좋다. 왼쪽, 오른쪽 자리는 잘못 타다가 기둥에 부딪힐 수도 있고, 친구가 장난친다고 때릴 수 있기 때문이다. 그네를 자주 타다 보니 어느 집 베란다 창을 통해 벽에 걸린 시계가 보이기 시작했다. 여름에는 해가 늦게 지기 때문에 상관이 없지만 겨울에는 해가 일찍 지기 때문에 시계를 보면서 놀아야 한다. 그때마다 베란다 창을 통해 어느 집의 벽시계를 보면서 놀았다. 시간이 늦으면 그네를 그만 타고 친구와 함께 바로 집으로 갔다.

대구 제일중학교

내가 1지망으로 찍은 학교이다. 친구들 말로는 두발 자유에다가 교복이 예쁘다고 하여 그 말에 솔깃해서 1지망으로 적었다. 가족한테 제일중 뽑혔다고 하니 다들 우리집 근처에 있는 제일고와 같이 붙어있는 경상여중으로 알고 있었다. 내가 아니라고 하니 오빠가 인터넷으로 제일중학교를 검색해 봤다. 근데 중구 봉산동에 있는 학교라고 적혀 있었다. 난 봉산동이 어딘 줄 몰랐다. 우리 가족도 몰랐다. 그래서 아빠한테 혼났다. 왜 가까운 학교 안 가고 멀리까지 가냐고.

하지만 난 괜찮았다. 아는 친구 한 명도 없는 중학교에 가면 초등학교 졸업앨범 속에 이상하게 나온 내 사진도 아무도 못 보았을 테고, 전혀 새로운 내가 될 수 있을 줄 알았다. 아빠가 근처 학교로 전학을 하라고 했지만 나는 새로운 학교에 대한 기대감에 거절했다. 그래서 욕을 엄청 먹었다.

3월 2일에 입학을 했다. 처음 간 건 아니었다. 위치 확인차 오빠와 한 번 와 보았고 예비 소집에도 왔기 때문이다. 학교 건물은 낯설지 않았는데 안은 너무 어색했다. 교실도 춥고 분위기도 싸했고 선생님도 어색했다. 교문 올라오면 바로 보이는, 현재의 체력단련실에 가서 교과서를 받고 반으로 왔다. 그리고 내가 교과서를 아이들에게 나눠줬다. 내가 가위바위보에 이겨서 임시반장이 되었기 때문이다. 무거운 교과서를 나눠주는 것이 너무 힘들고 처음 본 친구들에게 교과서를 나눠주는 것이 너무

어색했다. 교과서를 다 나눠주고 번호순으로 자리를 바꿨다. 그리고 전달 사항을 듣고 친구와 함께 집으로 갔다.

　1학기 때 친구랑 같이 치마를 줄인 적이 있었다. 너무 짧게 줄여 교무실에 가서 선생님한테 혼났다. 선생님이 체육복으로 갈아입으라고 하고 치마를 압수하셨다. 아빠한테 혼날 생각과 '체육복 입고 어떻게 집에 가나'라는 생각이 머릿속을 꽉 채웠다. 그래서 펑펑 울었던 적이 있었다. 이 일이 있은 후 난 치마를 줄이지 않았다. 더 이상 이런 일로 교무실에 불려가는 일이 없을 줄 알았다. 그런데 내 생각과는 다르게 자주 교무실에 불려갔다. 친구들과 함께 했던 나쁜 짓이 담임선생님께 걸려 단체로 수업이 끝난 후 교무실로 불려갔다. 그리고 단체로 경위서를 쓰고 벌을 받기도 했다.

　또, 조민지라는 친구와 함께 피어싱을 했다가 걸려서 학년실에

서 벌을 섰다. 피어스는 그 자리에
서 버렸다. 선생님이 아빠한테 전
화해 아빠가 학교로 왔다. 그리고
같이 집에 갔다. 집에 도착한 후
아빠는 다시 피어싱을 하면 칼로

귀를 뚫어주겠다고 했다. 피어싱은 크면 마음껏 할 수 있는데 6년이나 기
다려야 한다니 지루하게 느껴져서 중학교 1학년 때 뚫었던 것 같다. 지금
도 주위 애들이 투명 귀걸이 하는 걸 보거나 피어싱을 했다고 얘기하면
하고 싶은 욕구가 솟구치지만, 작년에 해 봐서 그런지 중학교 1학년 때처
럼 하고 싶어 안달 나지는 않는다. 또다시 피어싱을 하면 아빠가 진짜 칼
로 귀를 뚫을 것 같아서 못하겠다. 어른이 되면 해야겠다.

평리1동 동네 슈퍼

몇 살 때인지는 기억이 안 난다. 어렸을 때 손에 묻지 않는 크레파스가 너무 갖고 싶어서 아빠한테 졸랐다. 그래서 아빠와 함께 나가서 크레파스를 사고 돌아오는 길에 슈퍼에 들렀다. 아빠가 슈퍼에서 담배를 살 동안 슈퍼 앞에 있던 동네 친구들에게 크레파스 샀다고 자랑을 했다. 유별스럽게도 허리를 굽히고 할머니 목소리를 내며 비실비실거리며 슈퍼 계단을 올라가면서 친구들을 보며 자랑을 했다. 그러다 바보같이 계단에서 넘어졌는데 턱이 계단에 부딪혀서 피가 철철 흘렀다. 아프기도 하고 피가 나서 무섭기도 해서 울면서 거스름돈을 받고 있는 아빠에게 다가가 울기만 했다. 아빠는 내 모습을 보고 놀라셨다. 내가 울면서 병원은 절대

가지 말자고 하니 아빠는 알았다고 하시며 날 집으로 데리고 가셨다.

근데 아니었다. 내가 잠이 들자 엄마와 아빠가 날 업고 병원에 데리고 갔다. 난 분명히 업히면서도 병원에 가지 말자고 했던 것 같다. 근데 아니었다. 눈을 떠 보니 어떤 밝은 불빛이 내 눈앞에 있었다. 병원이었다. 그리고 손발이 묶여 있었다. 아무리 악을 써도 손발이 움직이지 않았다. 빛 때문에 잘 보이진 않았지만 바늘 같은 걸로 내 턱을 꿰맸다. 무척 아파서 울었다. 그 다음은 기억이 나지 않는다. 집에 돌아와서 잤던 것 같다. 지금 턱 아래쪽을 보면 흉터가 남아 있다. 크고 잘 보이는 곳에 흉터가 있으면 신경이 쓰이고 보기 흉했을 것 같은데, 다행히 작고 안 보이는 곳에 흉터가 남아 있다.

지금도 나는 달라진 것이 없다. 아직도 나대면서 놀다가 다친다. 나대면서 노는 건 정말 고치기 힘든 것 같다.

비산초등학교

내가 입학해서 한 학기도 못 다닌 초등학교이다. 지금은 그때의 모습과는 달라져 있다. 내가 자주 타고 놀았던 미끄럼틀과 시소가 있던 장소에는 강당이 들어서고 없던 주차장이 생겼다. 그리고 운동기구 있던 장소에는 산책로가 조성되었고 더 좋은 운동기구가 들어섰다. 작은 호수도 있었는데 그것도 없어졌다. 너무 바뀌어서 낯설었다.

이 학교에서 처음으로 교내에서 하는 대회에 나갔다. 자세히는 기억나지 않지만 동화 내용을 실감나게 말하는 것이었다. 발표는 뽑기로 정해서 했는데 순서는 괜찮았다. 근데 내 기억력이 문제였다. 몇 줄 안 가서 죄다 잊어버린 것이다. 동화구연을 망치고 상은 못 받을 줄 알고 별 기대도 없었다.

　그런데 며칠 후 선생님께서 상을 주셨다. 장려상이었다. 그때 당시 매우 좋았는데 지금 생각해 보니 장려상은 참가상인 것 같았다. 지금의 나는 그런 곳에 서기 굉장히 싫고 부끄러운데, 초등학교 1학년 때는 교내에서 하는 대회이지만 남들 앞에서 동화를 구연하는 대회에 나갔다니 지금과 달리 순수했던 것 같다. 그 이후로 교내든 교외든 대회가 열릴 때 참가하는 일은 다신 없었다.

유치원

　　원만사유치원은 내가 일곱 살 때 다닌 곳이다. 불교 유치원인데 불당 겸 강당도 있어서 예불도 드리고 체육수업도 받았다.

　　유치원에서 차를 마시는 방법과 다기 닦는 방법과 다도 예절, 다도 용어를 배웠다. 자세하게 기억은 안 나지만 다도를 배울 때 "한일 두이 석삼 넉사 다섯오 여섯육 일곱칠 여덟팔 아홉구 열십"이라고 말하면서 손수건같이 생긴 걸로 다기를 닦았다. 다 닦은 후 선생님께서 어떤 그릇에 따라 주신 후 다시 내가 그걸 따랐다. 그 다음은 차의 냄새를 맡고 차 색깔을 본 뒤 차를 마셨다. 가끔 집에서 다도 예절을 배웠던 것을 물 마실 때 따라 한 적도 있다. 지금은 다도 예절을 다 잊어버렸다.

가끔씩 불당에서 다 같이 반야심경을 불렀다. 처음에는 가사도 뭔지 모르고 음도 몰랐는데 계속 듣다 보니 가사를 조금 외워서 주위 친구들과 목탁소리에 맞  추어서 앞부분 가사를 따라 불렀다. 그래서 절에 가면 낯설지가 않다. 목탁소리도 낯설지 않고 반야심경도 낯설지 않다.

유치원 시절 가장 기억에 남는 것은 아침에 일어나기가 너무 힘들었던 것이다. 아침마다 유치원 가기 싫다고 징징거린 것과 집으로 돌아오는 유치원 버스에서 항상 잤던 기억이 난다. 돌아오는 유치원 버스에서 항상 자기만 해서 버스 운전기사 아저씨가 잠이 올 때 눈을 크게 뜨고 있으면 잠이 안 온다고 해서 잠이 올 때마다 눈을 크게 떠서 잠들지 않았을 때도 있다. 잠들지 않았을 땐 칭찬을 들은 적도 있다. 별로 힘들지 않던 유치원생 때 피곤함에 쩔었다니 지금과 별다른 게 없는 것 같다.

메트로센터

열네 살 때 오빠와 처음으로 갔었다. 장차 입학할 제일중의 위치를 확인하기 위해서 오빠랑 학교 가는 길을 함께 가 보았는데 그때 처음 와 봤다. 굉장히 낯설고 길도 몰랐다.

지금은 지하철을 타고 등하교를 하기 때문에 하루에 두 번씩은 메트로센터를 통과해야 된다. 한번은 친구랑 영풍문고를 가기 위해 메트로센터를 갔는데 길도 모르고 너무 넓어 길을 잃었다. 처음에는 자주 길을 잃었다. 표지판을 보면서 어디로 가야 하는지를 찾아가곤 했다. 이제는 길을 잃어버리거나 하는 일이 없다.

친구도 나처럼 등하교시에 지하철을 이용한다. 우리는 등하교를 같이 한다. 그런데 우리 학교 근처에는 청소년문화회관 외에는 머무르며 놀 수 있는 장소가 없기 때문에 자연히 메트로센터에서 놀곤 한다.

집에 가야 할 시간이 되었을 땐 바로 지하철을 타고 집에 갈 수도 있고, 실내라서 여름엔 밖보다 시원하고 겨울엔 따뜻하기 때문에 좋다. 중앙에는 큰 분수대가 있고, 다리가 아프거나 친구들 기다릴 때 쉴 공간도 많다. 일층에 옷가게, 분식점, 안경집, 편의점, 모닝글로리 등등이 있어서 구경할 거리가 많고 이층에는 오락실, 음식점이 있어서 배고플 때는 군것질도 하고 오락도 한다. 친구랑 실내에서 놀기 딱 좋은 장소다.

제일인의 하루

글 · 사진 박신영 · 서세이 · 한영욱

제일중 1학년 박신영. 내 꿈은 작가가 되는 것이다. 남들보다 자신 있고 잘하는 것이 바로 '글쓰기'이다. 사람들에게 글로 감동을 주고 싶고, 작가로서 성공하여 돈을 많이 벌게 되면 가수 김장훈처럼 사회에 기부도 하고 싶다. 앞으로 과거보다 현재를, 현재보다 미래를 중요히 여기는 사람이 되도록 노력하겠다.

1학년 서세이. 내 꿈은 요리사다. 무슨 요리사가 될지는 정하지 못했지만, 스파게티 요리사가 가장 되고 싶다. 훌륭한 요리사가 되려면 공부도 잘하고, 영어, 중국어 등 외국어도 잘해야 하는데 그런 것은 잘하지 못한다. 하지만 나는 음식 만드는 것도 좋아하고 다른 사람이 먹어주면 기분이 좋기 때문에 요리사가 꼭 되고 싶다.

제일중학교 1학년에 재학 중인 한영욱이다. 나는 사진 찍는 것을 좋아한다. 세상의 모습을 담은 사진을 찍고 싶다. 지금 현재 내 꿈은 인터넷 쇼핑몰 운영자이다. 내가 고른 옷을 직접 사진 찍어 인터넷에 올리고 팔고 싶다.

우리가 등교하는 길입니다.

남문네거리에서 향교 쪽으로 큰길을 따라 걸어옵니다.

오늘은 보통 때보다
조금 이른 시간이라 학교를 가는
학생들이 별로 없었습니다.

향교 앞에서 학교 쪽으로 오려면
신호등이 없는 이 건널목을 건너야 하는 학생들이 많을 것입니다.
오늘은 도로 주변의 가게 아저씨께서 길 건너는 학생들을 도와주셨습니다.
우리 주변에 이런 분들이 계셔서 참 감사합니다.
하지만 차들이 많이 다닐 때에는 한참씩 서서 기다려야 할 때도 있습니다.
신호등이 있으면 안전하고 좋을 텐데 말입니다.

아직 이른 시간이라 등교하는 학생들이 별로 없습니다.

우리 학교의 등교시간은 8시 20분입니다.

8시가 조금 지나면 이 길은 학생들로 무척 붐비게 되죠.

교문을 통과해 언덕을 올라가면

학생부장 선생님과 선도부원들이 서 있습니다.

그래서 교문 앞에서 실내화주머니를 꺼내거나 명찰을 새로 달거나 외투를 벗는 등

교문을 무사히 통과하기 위해 분주한 학생들의 모습을 쉽게 볼 수 있습니다.

오늘은 일찍 등교했기 때문에 거리가 조용합니다.

교복을 제대로 갖춰 입고 실내화주머니도 들었고 명찰을 달았으니
아마 교문을 무사통과한 친구들 같습니다.
등굣길에 만난 친구들과 얘기를 하며 각자의 교실을 향해 가고 있습니다.
무슨 얘기들을 할까요?
아마 어젯밤에 본 텔레비전 프로그램이나 
오늘 검사 맡을 숙제에 대해 얘기를 할 것 같습니다.

아침 햇살을 받으면서 등교하는 길은 퍽 상쾌합니다.

친구들의 모습이 보입니다.

1학년은 운동장 동쪽에 있는 건물을 이용합니다.

우리는 본관을 지나 강당을 지나서 동관으로 갑니다.

꽤 멀죠. 선생님들도 학생과 비슷한 시간에 출근을 하십니다.

승용차로 출근을 하시는 분들이 많으십니다.

8시 30분에 아침독서를 하는 것으로 일과를 시작합니다.

책을 읽거나 숙제를 하거나 선생님의 말씀을 듣다 보면 20분은 금새 지나갑니다.

음악시간이라 특별실이 있는 건물로
친구들과 이동을 합니다. 동관에서 나오면 이렇게
동진관 일층, 공터를 지나갑니다.

동진관을 지나오면 이 계단을 올라갑니다. 그리고 3층까지 가야 합니다.
음악실뿐 아니라 과학실, 미술실, 영어실 등의 특별실이 모두 이 건물에 있습니다.
우리 1학년에게는 특별실이 너무 멉답니다.
꼭, 특별실에 가지 않더라도 우리는 여기를 꼭 하루에 한 번씩은 오게 됩니다.
바로 점심시간이죠. 후관이라 부르는 이 건물 일층에
우리가 밥을 먹는 급식소가 있습니다.

음악시간입니다.

음악선생님께 허락을 받아서 공부를 하는 친구들의 사진을 찍었습니다.

노래 부르기에 열중하고 있는 친구들이 보입니다.

때로는 너무너무 길고, 때로는 짧은 45분입니다.

우리는 영어, 수학, 과학 등 매시간 다른 선생님들의 수업을 받습니다.

초등학교에서 처음 올라왔을 때는 그게 무척 재미있고 신기했습니다.

하지만 조금씩 다른 선생님들의 방식에 적응하는 것과 열 분이 넘는 선생님께서

조금씩(?) 내주시는 숙제를 하는 것이 좀 힘들기도 합니다.

본관과 후관 사이의 통로입니다.
쉬는 시간에는 이렇게 텅 비어 있는 곳입니다.

하지만 점심 시간에는 밥을 먹기 위해
줄을 서는 학생들로 매우 붐비게 됩니다.

실내에서는 이렇게 줄을 섭니다.
아마도 1학년이 2학년 선배들보다 먼저 먹는 달인가 봅니다.
어떤 학년이든 먼저 먹기 위해서 줄서기가 치열합니다. 그리고 
식판과 수저를 챙겨서 배식을 받고 친구들과 자리를 잡고 앉아서 밥을 먹습니다.

4교시까지 수업을 끝내고 밥을 먹으면
나머지 시간은 친구들과 놉니다.
점심시간에는 아이들이 제일 활발해집니다.
종이 칠 때까지 이야기 소리가 끊이지 않습니다.
친구들의 얼굴이 마냥 밝습니다.
우리 반뿐 아니라 제일인 모두가 일과 중
가장 좋아하고 기다리는 시간이
바로 이 시간일 것입니다.

6교시 수업이 끝나면
종례 전에 책가방을 싸고 집에 갈 준비를 하거나
친구들끼리 수다를 떱니다.
집에 빨리 가고 싶은 마음을 품고 친구들과 얘기를 나누는 아이들,
책가방을 싸는 아이들…….
이렇게 우리의 선생님을 기다립니다.
담임선생님이 빨리 오시기를 이렇게 간절히 기다릴 수 있을까요?

종례가 끝난다고 바로 집에 가는 건 아닙니다. 청소를 해야죠.
하루 동안 우리가 이용한 교실, 복도, 특별실을 청소합니다.
청소시간에 맡은 구역을 청소하기 위해
대걸레를 빨아서 들고 오는 모습이네요.
날씨가 쌀쌀한 겨울인 데도 불구하고 친구가 쓸 대걸레까지 빨아 오는
우리 반의 착한 친구입니다.
표정은 뭐 그다지 청소가 즐거운 거 같아 뵈지 않습니다.

4시 25분.

7교시 수업까지 모두 끝났습니다.

드디어 집으로 가는 것입니다.

우리는 1학년 건물에서 나와 현관이나 강당 밑 공터에서 신발로 갈아 신습니다.

각자 갈 길이 같거나 다르지만 서로서로 기다려줍니다.

친구들의 손에 들린 색색의 실내화주머니가 눈에 띄네요.

해가 서쪽으로 넘어가고 있습니다.

오늘 하루 일과를 모두 마치고,

우리는 친구들과 삼삼오오 모여서 하교를 합니다.

어깨를 나란히 하고 걸어가는

친구들의 뒷모습이 무척 다정해 보이네요.

저도 하교할 때만큼은 무척 기분이 좋습니다.

날씨가 춥고 곧 어두워질 테니 얼른 집으로 돌아가야겠죠?

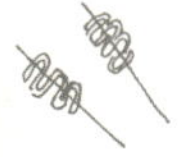

하교할 무렵이면 출출하기 마련입니다.

친구들과 군것질거리를 사 먹는 모습이네요.

우리 학교 교문을 통과해서 대구초등학교 쪽으로 내려가면 이 가게가 나오는데,

소시지, 닭강정 등을 마가린과 섞어 굽습니다.

저도 종종 여기서 구운 소시지를 사 먹기도 합니다.

할아버지께서 매우 친절하셔서 인기만점이랍니다.

한창 먹을 시기인 우리들은 여기서 간식을 사 먹으며 용돈을 쓰기도 합니다.

그래도 기름에 튀긴 음식은 많이 먹으면 도움이 될 게 없겠습니다.

친구들과 함께 가는 하굣길은
무척 즐겁습니다. 친구들의
넓은 등판, 다정한 동무 같죠?
이렇게 나란히 얘기하며 걷다가
방해를 받아 이야기가 뚝
끊어질 때가 있습니다.

차를 피하느라 이렇게 한 줄로 서서
걸어야 하기 때문입니다. 이 길은
좁은 골목인데 차도와 인도의 구분이
없는 데다 차량 통행이 많습니다.
차들이 많이 다녀서 조금 위험하게
느껴지기도 합니다. 친구들과
수다를 떨면서 가느라 뒤에서
차가 오는 걸 모를 때도 있습니다.

대구초등학교 옆 길입니다.

아까보다 좀더 어두워졌고 친구들의 수도 줄었네요.

집으로 가는 방향이 조금씩 달라서 흩어졌답니다.

함께 가는 길은 가깝고, 혼자 가는 길은 멀게만 느껴진답니다.

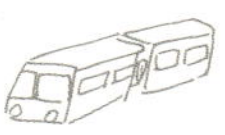

집이 먼 친구는 지하철을 타고 갑니다.

친구가 열차를 기다리고 있네요.

열차가 금방 도착하면 기분이 좋습니다.

지하철 안은 매우 따뜻하죠.

지하철에서 내리니
이렇게 어두워져 있습니다. 겨울이라
해가 빨리 지기 때문이기도 하겠지만요.

집으로 가는 골목길도 꽤 어둡습니다.
혼자 걸어서 집을 향하는 순간이면, 오늘 하루도 끝나간다는
생각이 듭니다. 오늘도 열심히 생활한 우리 스스로에게 박수를 보냅시다.
아! 끝이 아니군요. 집에 가서는 해야 할 숙제가 있을지도 모르겠네요.
우리의 하루 일기는 여기서 끝입니다. 내일 아침, 학교에서 다시 만날게요.